TRANZLATY

La Langue est pour tout le Monde

Taal is voor iedereen

La Métamorphose

De Gedaanteverwisseling

Franz Kafka

Français
Nederlands

www.tranzlaty.com

Première partie
Deel één

Gregor Samsa se réveilla un matin après des rêves agités.
Gregor Samsa werd op een ochtend wakker uit
verontrustende dromen.
Il se retrouva dans son lit, incapable de bouger.
Hij bevond zich in bed, maar kon zich niet bewegen.
Il avait été transformé en un monstre vermineux.
Hij was veranderd in een monsterlijk ongedierte.
**Il était allongé sur le dos, une carapace dure comme une
armure.**
Hij lag op zijn rug, die hard aanvoelde als een pantser.
En relevant légèrement la tête, il pouvait voir son ventre.
Door zijn hoofd een beetje op te tillen, kon hij zijn buik zien.
Mais son ventre était bombé et divisé en segments.
Maar zijn buik was gewelfd en verdeeld in segmenten.
La couverture reposait sur son ventre arrondi.
De deken lag op zijn ronde buik.
**Mais la couverture était sur le point de glisser
complètement.**
Maar de deken dreigde helemaal naar beneden te glijden.
**Ses jambes étaient pitoyables comparées à leur taille
habituelle.**
Zijn benen waren zielig klein in vergelijking met hun normale
omvang.
**Et ses nombreuses pattes s'agitaient impuissantes devant ses
yeux.**
En zijn vele poten bewogen hulpeloos voor zijn ogen.
« Que m'est-il arrivé ? » se demanda-t-il.
'Wat is er met me gebeurd?' dacht hij bij zichzelf.
Mais ce n'était pas un rêve dont il ne pouvait se réveiller.
Maar het was geen droom waaruit hij niet kon ontwaken.
Il se trouvait bel et bien dans sa propre chambre.
Hij bevond zich daadwerkelijk in zijn eigen kamer.
**Une vraie chambre pour des humains, mais un peu trop
petite.**

Een echte kamer voor mensen, maar net iets te klein.
Il gisait tranquillement entre les quatre murs bien connus.
Hij lag rustig tussen de vier bekende muren.
Sur la table se trouvait une collection d'échantillons de textiles.
Op de tafel lag een verzameling textielstalen.
Samsa était un vendeur ambulant, d'où les échantillons.
Samsa was een reizende verkoper, vandaar de monsters.
Au-dessus des échantillons de textile désassemblés se trouvait une image.
Boven de gedemonteerde textielmonsters hing een afbeelding.
Il avait récemment découpé la photo dans un magazine.
Hij had de afbeelding kort daarvoor uit een tijdschrift geknipt.
Il avait placé le tableau dans un joli cadre doré.
Hij had de foto in een mooie, vergulde lijst geplaatst.
Le tableau encadré représentait une dame assise bien droite.
Op de ingelijste foto was een dame te zien die rechtop zat.
Elle portait un chapeau de fourrure et un manchon de fourrure.
Ze droeg een bontmuts en een bontmouwtje.
Elle levait la main en direction du spectateur.
Ze stak haar hand op naar de kijker van de foto.
Son avant-bras entier disparaissait dans son épais manchon de fourrure.
Haar hele onderarm verdween in haar dikke bontmouw.
Gregor regarda par la fenêtre le temps maussade.
Gregor keek door het raam naar het sombere weer.
On pouvait entendre les grosses gouttes de pluie frapper la fenêtre.
Men kon het geluid van zware regendruppels tegen het raam horen.
Le temps gris le rendait très mélancolique.
Het grijze weer maakte hem erg melancholisch.
« Et si je dormais un peu plus longtemps ? » pensa-t-il.
'Wat als ik nog even wat langer slaap?' dacht hij.
« Dormir davantage m'aiderait peut-être à oublier ces bêtises. »

"Meer slaap zou me kunnen helpen deze onzin te vergeten."

Mais dormir plus longtemps était totalement impossible.

Maar langer slapen was volstrekt onmogelijk.

Parce qu'il avait l'habitude de dormir sur le côté droit.

Omdat hij gewend was om op zijn rechterzij te slapen.

Mais son état actuel l'empêchait d'effectuer ses mouvements habituels.

Maar zijn huidige toestand verhinderde hem om zich normaal te bewegen.

Il n'avait aucun moyen de se retrouver dans cette situation.

Hij had zichzelf onmogelijk in deze positie kunnen brengen.

Il fit de son mieux pour se jeter sur son côté droit.

Hij deed zijn best om zich op zijn rechterzij te gooien.

Il a probablement tenté ce mouvement une centaine de fois.

Hij heeft deze beweging waarschijnlijk wel honderd keer geprobeerd.

Mais il revenait toujours en position couchée sur le dos.

Maar hij zakte steeds weer terug in de rugligging.

Il ferma les yeux pour ne pas voir ses jambes qui s'agitaient.

Hij sloot zijn ogen om zijn onrustige benen niet te hoeven zien.

Finalement, la douleur l'a empêché de réessayer.

Uiteindelijk weerhield de pijn hem ervan om het opnieuw te proberen.

Une douleur sourde au flanc qu'il n'avait jamais ressentie auparavant.

Een doffe pijn in zijn zij die hij nog nooit eerder had gevoeld.

« Oh mon Dieu », pensa désespérément Gregor Samsa.

"Oh God," dacht Gregor Samsa wanhopig bij zichzelf.

« Quel métier pénible j'ai choisi ! »

"Wat een zwaar beroep heb ik toch gekozen!"

« Je dois voyager tous les jours pour le travail. »

"Dag in, dag uit moet ik voor mijn werk rondreizen."

« Le travail de bureau est beaucoup plus facile que le travail sur la route. »

"Kantoorwerk is veel gemakkelijker dan werken onderweg."

« Et j'ai la malédiction de devoir voyager constamment. »

"En ik heb de vloek dat ik veel moet reizen."

« Toutes ces inquiétudes liées au fait d'être à l'heure pour les trains. »

"Al die zorgen over op tijd komen voor de trein."

« Mes horaires de repas sont irréguliers et la nourriture est mauvaise. »

"Ik eet onregelmatig en het eten is slecht."

« Mes amis changent constamment de ville. »

"Mijn vrienden verhuizen steeds van stad naar stad."

« Mes interactions sont froides et professionnelles. »

"De interacties die ik heb zijn afstandelijk en professioneel."

«Que le diable s'amuse avec ce genre de travail !»

"Laat de duivel zich maar vermaken met dit soort werk!"

Il ressentit une légère démangeaison en haut de l'estomac.

Hij voelde een lichte jeuk boven op zijn buik.

Il s'appuya contre le montant du lit, le dos contre le sol.

Hij drukte zich met zijn rug tegen de bedpaal.

Il voulait pouvoir mieux lever la tête.

Hij wilde zijn hoofd beter omhoog kunnen houden.

Il a trouvé l'endroit qui le démangeait.

Hij vond de jeukende plek die hem dwarszat.

Sa tête semblait recouverte de petits points blancs.

Zijn hoofd leek bedekt te zijn met kleine witte puntjes.

Il ne pouvait pas dire ce que représentaient ces petits points blancs.

Wat die kleine witte puntjes waren, kon hij niet zeggen.

Il avait prévu de toucher l'endroit avec une de ses jambes.

Hij was van plan geweest de plek met een van zijn benen aan te raken.

Mais lorsqu'il toucha l'endroit, il ressentit un étrange frisson.

Maar toen hij de plek aanraakte, voelde hij een vreemde rilling.

Il a donc immédiatement retiré sa jambe.

Hij trok zijn been dus onmiddellijk van die plek weg.

Il n'avait d'autre choix que d'accepter cette sensation de démangeaison.

Hij had geen andere keus dan het jeukende gevoel te accepteren.

Et il reprit sa position initiale dans le lit.

En hij keerde terug naar zijn vorige positie in bed.

«Se réveiller si tôt rend vraiment stupide.»

"Zo vroeg opstaan maakt je echt behoorlijk dom."

« Un homme doit dormir suffisamment », pensa-t-il.

'Een mens moet genoeg slapen,' dacht hij bij zichzelf.

« Les autres représentants de commerce mènent une vie de luxe. »

"De andere handelsreizigers leiden een luxeleven."

« Le matin, je transfère les ordres que j'ai reçus. »

" 's Ochtends verwerk ik de bestellingen die ik heb ontvangen."

« Pendant ce temps, ces messieurs prennent encore leur petit-déjeuner. »

"Ondertussen zijn die heren nog steeds aan het ontbijten."

« Imaginez un peu si j'essayais de faire ça avec mon patron. »

"Stel je eens voor dat ik dat bij mijn baas zou proberen."

«Il me licenciait avant même que j'aie fini mon petit-déjeuner.»

"Hij zou me ontslaan voordat ik mijn ontbijt op had."

« Mais ce ne serait peut-être pas le pire non plus. »

"Maar misschien zou dat ook niet het ergste zijn."

«Le problème, c'est que mes parents me freinent.»

"Het probleem is dat mijn ouders me tegenhouden."

« Sans eux, j'aurais déjà démissionné. »

"Als zij er niet waren geweest, had ik al ontslag genomen."

« J'aurais tenu tête au patron et je lui aurais dit. »

"Ik zou tegen de baas in zijn gegaan en het hem gezegd hebben."

« Je dirais exactement ce que je pense de lui et de son travail. »

"Ik zou precies zeggen wat ik van hem en zijn baan vind."

« Il tomberait de son bureau si je lui racontais tout ! »

"Hij zou van zijn bureau vallen als ik hem alles vertelde!"

« Sa façon de s'asseoir à son bureau est très étrange. »

"Het is heel vreemd hoe hij op zijn bureau zit."
« Sa façon de parler à ses subordonnés n'est pas correcte. »
"De manier waarop hij met zijn ondergeschikten praat, is niet goed."
« Et le pire, c'est que son ouïe est très mauvaise. »
"En het ergste is dat hij zo slecht hoort."
«Vous n'avez donc pas d'autre choix que de vous asseoir très près de lui.»
"Je hebt dus geen andere keus dan heel dicht bij hem te gaan zitten."
« Cela dit, l'espoir n'est pas encore totalement perdu. »
"Maar desondanks is de hoop nog niet helemaal verloren."
« Je vais économiser cet argent pour rembourser les dettes de mes parents. »
"Ik ga het geld sparen om de schulden van mijn ouders af te betalen."
« Je ne peux rien faire tant qu'ils lui doivent de l'argent. »
"Ik kan niets doen zolang ze hem nog geld schuldig zijn."
« Mais une fois la dette remboursée, je le ferai sans aucun doute. »
"Maar als de schuld is afbetaald, zal ik het zeker doen."
« Cela prendra probablement encore cinq à six ans. »
"Het zal waarschijnlijk nog vijf tot zes jaar duren."
« Oui, alors la grande séparation aura certainement lieu. »
"Ja, dan zal de grote scheiding zeker plaatsvinden."
« Pour le moment, je dois me lever. »
"Voorlopig moet ik echter wel uit bed komen."
« Parce que mon train part à cinq heures. »
"Omdat mijn trein om vijf uur vertrekt."
Gregor regarda le réveil qui tic-tac sur la table.
Gregor keek naar de tikkende wekker op tafel.
« Père céleste ! » pensa-t-il en regardant l'heure.
"Hemelse Vader!" dacht hij toen hij op de klok keek.
Six heures et demie étaient déjà passées sans qu'on s'en aperçoive.
Half zeven was al geruisloos voorbij.

Et les aiguilles de l'horloge continuaient d'avancer d'elles-mêmes.

En de wijzers van de klok bleven vanzelf vooruit bewegen.

Et il était presque sept heures quarante-cinq.

Het was inmiddels bijna kwart voor zeven.

« Peut-être que le réveil n'a pas sonné ? » pensa-t-il.

'Misschien is de wekker niet afgegaan om me wakker te maken?' dacht hij.

Depuis son lit, Gregor inspecta le réveil.

Vanuit zijn bed bekeek Gregor de wekker.

Le réveil était correctement réglé sur quatre heures.

De wekker stond correct ingesteld op vier uur.

Il ne pouvait pas l'expliquer, mais l'alarme avait dû sonner.

Hij kon het niet verklaren, maar het alarm moet zijn afgegaan.

« Comment ai-je pu dormir sans m'en rendre compte après avoir entendu le réveil ? »

"Hoe heb ik de wekker gemist zonder het te weten?"

Quand elle sonne, l'alarme fait même trembler les meubles.

Als het alarm afgaat, trilt zelfs het meubilair ervan.

Il savait que son sommeil n'avait pas été du tout paisible.

Hij wist dat hij helemaal niet rustig had geslapen.

Mais c'est peut-être pour cela que son sommeil était beaucoup plus profond.

Maar misschien was dat wel de reden waarom hij veel dieper sliep.

Il devait réfléchir à ce qu'il devait faire maintenant.

Hij moest bedenken wat hij nu moest doen.

Le train suivant ne partait qu'à sept heures.

De volgende trein vertrok pas om zeven uur.

Prendre ce train serait quasiment impossible.

Het zou vrijwel onmogelijk zijn om die trein te halen.

Et il n'avait pas encore emporté les textiles dont il avait besoin.

En hij had de benodigde textielwaren nog niet ingepakt.

Il ne se sentait pas particulièrement frais et agile non plus.

Hij voelde zich ook niet bepaald fris en energiek.

Il y avait peut-être une chance de monter dans le train.

Misschien was er een kans om de trein te halen.

Mais une réprimande du patron était inévitable de toute façon.

Maar een berisping van de baas was hoe dan ook onvermijdelijk.

Le commis aurait pris le train de cinq heures.

De klerk zou de trein van vijf uur hebben genomen.

Le commis de bureau était une créature sans envergure, à la solde du patron.

De kantoorbediende was een ruggengraatloos schepsel van de baas.

L'absence de Gregor aurait donc déjà été signalée.

Gregors afwezigheid zou dus al gemeld zijn.

« Et si je me faisais porter malade ? » se demandait Gregor.

"Wat als ik me ziek meld?" vroeg Gregor zich af.

Mais ce serait extrêmement embarrassant et suspect.

Maar dat zou buitengewoon gênant en verdacht zijn.

Gregor n'avait jamais été malade pendant la période où il avait travaillé là-bas.

Gregor was in de tijd dat hij daar werkte nooit ziek geweest.

Et il leur avait déjà consacré cinq années de service.

En hij had hen al vijf jaar in dienst gehad.

Il y avait de fortes chances que le patron vienne prendre de ses nouvelles.

De kans was groot dat de baas even langs zou komen om te kijken hoe het met hem ging.

Il amènerait probablement le médecin de l'assurance maladie.

Hij zou waarschijnlijk de arts van de zorgverzekering meenemen.

Et il blâmait les parents pour la paresse de leur fils.

En hij gaf de ouders de schuld van hun luie zoon.

Ils ne pourraient formuler aucune objection à son égard.

Ze zouden geen enkel bezwaar tegen hem kunnen maken.

Car pour lui, il n'y avait que deux sortes de travailleurs.

Want voor hem bestonden er maar twee soorten arbeiders.

Soit les ouvriers étaient en parfaite santé, soit ils rechignaient à travailler.

Ofwel waren de werknemers kerngezond, ofwel hadden ze een hekel aan werken.

Et aurait-il même tort dans cette analyse de base ?

En zou hij in die fundamentele analyse überhaupt ongelijk hebben?

Assurément, dans ce cas précis, son argument était solide.

Hij had in dit geval zeker een sterk argument.

Malgré son apparence, Gregor se sentait en réalité plutôt bien.

Ondanks zijn uiterlijk voelde Gregor zich eigenlijk best goed.

Ce long sommeil inutile l'avait rendu un peu somnolent.

Door het onnodig lange slapen was hij een beetje slaperig geworden.

Mais à part ça, il ne pouvait pas se plaindre de maladie.

Maar afgezien daarvan had hij geen reden tot ziekte.

Il ressentait même une faim particulièrement forte et saine.

Hij voelde zelfs een bijzonder sterke en gezonde honger.

Tandis qu'il nourrissait ces pensées, l'horloge sonna de nouveau.

Terwijl hij deze gedachten overwoog, sloeg de klok opnieuw.

Selon l'alarme, il était alors sept heures moins le quart.

Volgens de wekker was het nu kwart voor zeven.

Et maintenant, on frappa doucement à la porte.

En nu klonk er ook een zacht klopje op de deur.

« Gregor », l'appela quelqu'un – c'était sa mère.

"Gregor," riep iemand hem toe – het was zijn moeder.

« Il est sept heures moins le quart », a-t-elle confirmé en entendant l'alarme.

"Het is kwart voor zeven," bevestigde ze het alarm.

« Tu ne voulais pas partir ? » demanda la douce voix.

'Wilde je niet weggaan?' vroeg de zachte stem.

Gregor eut peur en entendant sa voix répondre.

Gregor schrok toen hij zijn eigen stem hoorde antwoorden.

Sa voix était toujours la même.

Zijn stem was nog steeds dezelfde als altijd.

Mais une nouvelle sonorité s'était désormais mêlée à sa voix.
Maar er klonk nu een nieuw geluid door in zijn stem.
Un couinement douloureux s'échappa également du plus profond de lui.
Vanuit zijn binnenste kwam ook een pijnlijk piepje naar buiten.
Au début, sa voix semblait former des mots avec clarté.
Aanvankelijk leek hij de woorden helder te vormen.
Mais alors, Gregor entendit l'écho mental de sa voix.
Maar toen hoorde Gregor de mentale echo van zijn eigen stem.
L'enregistrement de sa voix s'est interrompu de façon étrange.
De opname van zijn stem is op een vreemde manier onderbroken.
Et il n'était pas sûr d'avoir bien entendu.
En hij wist niet zeker of hij het wel goed had verstaan.
Gregor éprouvait un profond désir de donner une réponse détaillée.
Gregor voelde een sterk verlangen om een gedetailleerd antwoord te geven.
Il voulait tout expliquer clairement à sa mère.
Hij wilde alles duidelijk aan zijn moeder uitleggen.
Mais, compte tenu des circonstances, il devait se limiter.
Maar gezien de omstandigheden moest hij zich inhouden.
Et sa réponse fut beaucoup plus brève qu'il ne l'aurait souhaité.
En hij antwoordde veel korter dan hij had gewild.
"Oui maman, ne t'inquiète pas, merci, je suis déjà levée."
"Ja moeder, maak je geen zorgen, dank je wel, ik ben al wakker."
La porte en bois a probablement contribué à étouffer sa voix.
De houten deur hielp waarschijnlijk om zijn stem te dempen.
À l'extérieur, le changement dans la voix de Gregor est resté inaperçu.
Buiten bleef de verandering in Gregors stem onopgemerkt.
La mère semblait satisfaite de son explication.
De moeder leek tevreden met zijn uitleg.

Et elle repartit aussi discrètement qu'elle était venue.

En ze vertrok weer net zo stil als ze gekomen was.

Mais cette petite conversation a eu un effet indésirable.

Maar het korte gesprek had een ongewenst effect.

Il a attiré l'attention des autres membres de la famille.

Hij trok de aandacht van de andere familieleden.

Gregor était toujours chez lui et n'était pas allé travailler.

Gregor was nog thuis en was niet naar zijn werk gegaan.

Et maintenant, le père frappa lui aussi à la porte de côté.

En nu klopte ook de vader op de zijdeur.

Il frappa faiblement, mais avec détermination, du poing.

Hij klopte zwakjes, maar vastberaden, met zijn vuist.

« Gregor, Gregor », appela-t-il, « quel est le problème ? »

'Gregor, Gregor,' riep hij, 'wat is er aan de hand?'

Au bout d'un moment, il avertit de nouveau d'une voix plus grave.

Na een korte tijd waarschuwde hij opnieuw, maar nu met een diepere stem.

Mais la sœur frappa alors à la porte de l'autre côté.

Maar aan de andere deur klopte de zus nu aan.

« Gregor ? Tu ne te sens pas bien ? » demanda-t-elle doucement.

'Gregor? Gaat het niet goed met je?' vroeg ze zachtjes.

« Avez-vous besoin de quelque chose ? » demanda-t-elle, inquiète.

'Is er iets wat je nodig hebt?', vroeg ze bezorgd.

Gregor a répondu aux deux parties : « J'ai déjà terminé. »

Gregor antwoordde beide partijen: "Ik ben al klaar."

Il avait fait de son mieux pour prononcer tous les mots avec soin.

Hij had zijn best gedaan om alle woorden zorgvuldig uit te spreken.

Et il a gommé tout ce qui était ostentatoire dans sa voix.

En hij verwijderde alles wat opviel aan zijn stem.

Le père semblait également satisfait de la réponse.

Ook de vader leek tevreden met het antwoord.

Et il retourna à son petit-déjeuner inachevé.

En hij keerde terug naar zijn onafgemaakte ontbijt.

Mais la sœur murmura : « Gregor, ouvre la bouche, je t'en supplie. »

Maar de zus fluisterde: "Gregor, doe open, ik smeek je."

Mais son inquiétude à son égard ne parvenait en rien à l'émouvoir.

Maar haar bezorgdheid voor hem kon hem op geen enkele manier bewegen.

Gregor n'avait aucune intention de lui ouvrir la porte.

Gregor was niet van plan de deur voor haar open te doen.

Ses voyages lui avaient permis d'acquérir certaines habitudes de prudence.

Door zijn reizen had hij een aantal voorzichtige gewoontes ontwikkeld.

Et il se félicita d'avoir verrouillé les portes.

En hij prees zichzelf omdat hij de deuren op slot had gedaan.

Il voulait d'abord se lever tranquillement, à son propre rythme.

Eerst wilde hij rustig opstaan wanneer het hem uitkwam.

Et, sans être dérangé, il voulut s'habiller.

En hij wilde zich aankleden zonder gestoord te worden.

Cela étant fait, il voulut ensuite prendre son petit-déjeuner.

Toen dat gelukt was, wilde hij ontbijten.

Ce n'est qu'alors qu'il a souhaité examiner la situation plus en détail.

Pas toen wilde hij de situatie nader bekijken.

Il savait qu'il était inutile de faire des projets au lit.

Hij wist dat het geen zin had om plannen te maken in bed.

Il serait impossible de parvenir à une conclusion sensée.

Het bereiken van een verstandige conclusie zou onmogelijk zijn.

Il lui était déjà arrivé de se réveiller avec de légères douleurs.

Er waren al vaker momenten geweest dat hij wakker werd met lichte pijn.

Ces douleurs se sont toujours révélées être de pures inventions de l'imagination.

Deze pijnen bleken altijd puur verbeelding te zijn.
En me levant du lit, la douleur disparaissait invariablement.
Bij het uit bed stappen verdween de pijn steevast.
Il était curieux de voir ce qu'il adviendrait de ces idées.
Hij was benieuwd wat er met deze ideeën zou gebeuren.
Le changement de sa voix était probablement dû à un rhume.
De verandering in zijn stem kwam waarschijnlijk gewoon door een verkoudheid.
Le rhume est un risque professionnel courant pour les voyageurs.
Verkoudheid is nu eenmaal een beroepsrisico voor reizigers.
Il ne doutait pas que c'était l'explication logique.
Hij twijfelde er niet aan dat dat de logische verklaring was.
Il s'est facilement dégagé de la couverture.
Het lukte hem gemakkelijk om de deken van zich af te krijgen.
Il lui suffisait d'inspirer et de se gonfler.
Het enige wat hij hoefde te doen, was inademen en zichzelf opblazen.
La couverture glissa de son corps et tomba sur le sol.
De deken gleed van zijn lichaam af en viel op de vloer.
Son corps incroyablement large rendait d'autres choses difficiles.
Zijn ongelooflijk brede lichaam maakte andere dingen lastig.
Il aurait eu besoin de bras et de mains pour se tenir debout.
Hij zou armen en handen nodig hebben gehad om te kunnen staan.
Mais il n'avait plus les membres qu'il avait autrefois.
Maar hij had niet meer de ledematen die hij vroeger had.
Au lieu de bras et de mains, il avait plein de petites jambes.
In plaats van armen en handen had hij heel veel kleine beentjes.
Et ses jambes bougeaient sans cesse, sans qu'il puisse les contrôler.
En zijn benen bewogen voortdurend, zonder dat hij er controle over had.

Il a essayé de plier une jambe, mais au lieu de cela, elle s'est étirée.

Hij probeerde een been te buigen, maar in plaats daarvan strekte het zich uit.

Il parvint finalement à contrôler une jambe.

Hij slaagde er uiteindelijk in om één been onder controle te krijgen.

Mais ensuite, le mouvement des autres pattes a été libéré.

Maar toen werd de beweging van de andere benen vrijgegeven.

Et toutes ses jambes frémissaient d'excitation extrême.

En al zijn benen trilden van extreme opwinding.

Il a d'abord voulu sortir le bas de son corps du lit.

Eerst wilde hij zijn onderlichaam uit bed tillen.

Mais il n'avait pas encore vu le bas de son corps.

Maar hij had zijn onderlichaam nog niet gezien.

Et de toute façon, déplacer cette pièce s'est avéré trop difficile.

En het bleek sowieso te moeilijk om dit onderdeel te verplaatsen.

Finalement, de toutes ses forces, il fit un geste audacieux.

Ten slotte, met al zijn kracht, maakte hij een wilde beweging.

Sans plus hésiter, il s'avança.

Zonder verder aarzelen bewoog hij zich naar voren.

Mais il avait choisi la mauvaise direction.

Maar hij had de verkeerde richting gekozen.

Il s'est violemment cogné le corps contre le montant inférieur du lit.

Hij sloeg zijn lichaam met geweld tegen de onderste bedpaal.

La douleur brûlante qu'il ressentait lui a appris une précieuse leçon.

De brandende pijn die hij voelde, leerde hem een waardevolle les.

La partie inférieure de son corps était peut-être plus sensible.

Het onderste deel van zijn lichaam was wellicht gevoeliger.

Il a donc commencé par sortir le haut de son corps du lit.

Dus probeerde hij eerst zijn bovenlichaam uit bed te krijgen.

Il tourna prudemment la tête dans la bonne direction.

Hij draaide zijn hoofd voorzichtig in de juiste richting.

Et bientôt, sa tête se retrouva face au bord du lit.

En al snel lag zijn hoofd op de rand van het bed.

Ce mouvement prudent lui était en réalité facile.

Deze voorzichtige beweging was voor hem eigenlijk gemakkelijk.

Et sa largeur et son poids ne l'empêchaient pas de se déplacer.

Zijn omvang en gewicht belemmerden zijn beweging niet.

La masse de son corps suivit lentement le mouvement de sa tête.

De massa van zijn lichaam volgde langzaam de draaiing van zijn hoofd.

Mais ensuite, il a passé la tête au-dessus du bord du lit.

Maar toen liet hij zijn hoofd over de rand van het bed hangen.

Et il dut faire face à une nouvelle peur à laquelle il n'avait pas encore pensé.

En hij werd geconfronteerd met een nieuwe angst waar hij nog niet aan had gedacht.

Poursuivre dans cette voie pourrait s'avérer dangereux.

Verdergaan op deze manier kan gevaarlijk zijn.

Il pensait qu'il allait simplement se laisser tomber.

Hij had gedacht dat hij zich gewoon zou laten vallen.

Mais ce serait un miracle s'il ne s'était pas blessé à la tête.

Het zou een wonder zijn als hij geen hoofdletsel opliep.

Ce n'était pas le moment de risquer de perdre connaissance.

Dit was niet het moment om het risico te lopen bewusteloos te raken.

Finalement, il vaudrait peut-être mieux rester au lit.

Misschien is het toch beter om in bed te blijven liggen.

Mais il devait ensuite faire le même effort pour revenir.

Maar vervolgens moest hij dezelfde inspanning leveren om terug te komen.

Après tous ces efforts, il était allongé là, exactement comme avant.

Na al die inspanning lag hij daar nog steeds, net als voorheen.
Et maintenant, ses jambes semblaient encore plus en colère qu'elles ne l'avaient été.
En nu leken zijn benen nog bozer dan ze al waren.
Les mouvements de sa jambe étaient devenus encore plus incontrôlables.
De bewegingen van zijn benen waren nog oncontroleerbaarder geworden.
Il ne voyait aucun moyen de sortir de la situation dans laquelle il se trouvait.
Hij zag geen uitweg uit de situatie waarin hij zich bevond.
Il était impossible de faire émerger la paix et l'ordre de ce chaos.
Vrede en orde konden niet uit deze chaos voortkomen.
Mais il savait que rester au lit n'était pas une option non plus.
Maar hij wist dat in bed blijven ook geen optie was.
Tout sacrifier était l'option la plus sensée.
Alles opofferen was de meest verstandige optie.
Il s'accrochait au moindre espoir de pouvoir se lever.
Hij klampte zich vast aan de kleinste hoop om uit bed te kunnen komen.
S'il y parvenait, tous les risques en auraient valu la peine.
Als hij hierin zou slagen, zou elk risico de moeite waard zijn geweest.
Mais il se souvenait aussi d'autre chose en même temps.
Maar tegelijkertijd herinnerde hij zich ook nog iets anders.
« Mieux vaut réfléchir sereinement que de prendre des décisions désespérées. »
"Rustige overpeinzingen zijn beter dan overhaaste beslissingen."
Il concentra tous ses efforts sur la fenêtre.
Met al zijn kracht richtte hij zijn blik op het raam.
Mais ce qu'il vit ne lui insuffla guère de confiance ni de joie.
Maar wat hij zag, gaf hem weinig vertrouwen en vrolijkheid.
La brume matinale enveloppait toute la rue étroite.
De ochtendmist bedekte de hele smalle straat.

Le réveil sonna à nouveau ; il était maintenant sept heures.
De wekker ging weer af; het was nu zeven uur.
« Il est déjà sept heures et il y a encore un épais brouillard. »
"Het is al zeven uur en er is nog steeds zo'n dichte mist."
Il resta un moment allongé, immobile, respirant faiblement.
Een tijdlang lag hij stil, slechts zwak ademend.
Un peu de calme permettrait peut-être de retrouver une certaine normalité.
Misschien zou wat stilte voor wat normaliteit zorgen.
Un silence complet pourrait engendrer les conditions réelles.
Volledige stilte zou de werkelijke omstandigheden aan het licht kunnen brengen.
Mais avant que l'horloge ne sonne à nouveau, il rompit le silence.
Maar voordat de klok weer sloeg, verbrak hij de stilte.
«Avant que l'horloge ne sonne à nouveau, je dois être levé.»
"Voordat de klok weer slaat, moet ik uit bed zijn."
« Je dois absolument être complètement levé à ce moment-là. »
"Ik moet dan absoluut helemaal uit bed zijn."
« Après 19h15, le bureau enverra quelqu'un. »
"Na kwart over zeven stuurt het kantoor iemand."
"Parce que le bureau ouvrait avant sept heures."
"Omdat het kantoor voor zeven uur openging."
Et il commença alors à se balancer hors du lit.
En nu begon hij zich uit bed te bewegen.
Il avait cessé de se concentrer sur le haut ou le bas de son corps.
Hij had de focus op zijn boven- of onderlichaam opgegeven.
Il fallut sortir tout son corps du lit.
Zijn hele lichaam moest uit bed komen.
Tomber de cette façon devrait protéger sa tête, pensa-t-il.
Door op deze manier te vallen, zou zijn hoofd beschermd moeten zijn, dacht hij.
Il avait prévu de relever la tête lorsqu'il toucherait le sol.
Hij was van plan geweest zijn hoofd op te tillen zodra hij op de grond terechtkwam.

Son dos semblait suffisamment robuste pour encaisser le choc.

Zijn rug leek stevig genoeg om de impact op te vangen.

Et le tapis était là pour amortir l'atterrissage.

Het tapijt was er om de landing te verzachten.

Ce qui le préoccupait le plus, cependant, c'était le bruit assourdissant.

Zijn grootste zorg was echter het harde lawaai.

Le bruit fracassant effrayerait tous les occupants de la maison.

Het krakende geluid zou iedereen in huis de stuipen op het lijf jagen.

Peut-être que le bruit fort ne les terrifierait pas.

Misschien zouden ze niet bang zijn voor het harde geluid.

Mais ils seraient certainement inquiets s'ils l'apprenaient.

Maar ze zouden zich ongetwijfeld zorgen maken als ze het hoorden.

Mais il fallait prendre le risque d'attirer l'attention.

Maar het risico om aandacht te trekken moest genomen worden.

La nouvelle méthode s'apparentait davantage à un jeu qu'à un effort.

De nieuwe methode was meer een spel dan een inspanning.

Il devait balancer son corps par mouvements brusques et saccadés.

Hij moest zijn lichaam in plotselinge en schokkerige bewegingen heen en weer schudden.

Gregor était déjà à moitié sorti du lit.

Gregor was al half uit bed gekomen.

Une nouvelle idée venait de lui traverser l'esprit.

Nu kwam er ineens een nieuwe gedachte bij hem op.

« Tout serait si facile si quelqu'un venait à mon secours. »

"Het zou allemaal zo veel makkelijker zijn als iemand me te hulp zou schieten."

« Deux personnes fortes suffiraient amplement. »

"Twee sterke personen zouden volkomen voldoende zijn."

Son père et la servante seraient assez forts.

Zijn vader en de dienstmeid zouden sterk genoeg zijn.
Il leur suffirait de glisser leurs bras sous son dos.
Ze hoefden alleen maar hun armen onder zijn rug te schuiven.
Et ensuite, ils pourraient facilement le sortir du lit.
En dan konden ze hem gemakkelijk uit bed halen.
Peut-être auraient-ils dû réduire son poids progressivement.
Wellicht hadden ze zijn gewicht geleidelijk moeten verlagen.
Alors, espérons-le, les jambes auraient trouvé leur utilité.
Hopelijk zouden de poten dan hun doel hebben gevonden.
« Ne serait-il pas préférable, après tout, de demander de l'aide ? »
"Zou het uiteindelijk niet beter zijn om hulp in te roepen?"
Le problème, bien sûr, c'est qu'il avait verrouillé les portes.
Het probleem was natuurlijk dat hij de deuren op slot had gedaan.
Il y avait quelque chose dans cette idée qui le chatouillait.
Er was iets aan die gedachte dat hem amuseerde.
Et malgré ses difficultés, il ne put réprimer un sourire.
En ondanks zijn moeilijkheden kon hij een glimlach niet onderdrukken.
Il était déjà sur le point de perdre l'équilibre.
Hij stond nu al op het punt zijn evenwicht te verliezen.
Chaque balancement le rapprochait un peu plus du moment où il basculerait du lit.
Elke zwaai bracht hem dichter bij het punt waarop hij van het bed zou vallen.
Il allait bientôt devoir prendre la décision finale.
Hij zou binnenkort de definitieve beslissing moeten nemen.
Dans cinq minutes, il serait sept heures et quart.
Over vijf minuten was het kwart over zeven.
Tandis qu'il était plongé dans ces pensées, la sonnette retentit.
Terwijl hij zo dacht, ging de deurbel.
« C'est quelqu'un du bureau », se dit-il.
'Dat is iemand van kantoor,' dacht hij bij zichzelf.
Et il fut presque paralysé de peur à cause du visiteur.
En hij verstijfde bijna van angst door de bezoeker.

Ses jambes s'agitaient encore plus sauvagement qu'auparavant.

Zijn benen bewogen nog wilder dan voorheen.

Mais ensuite, pendant un instant, tout resta silencieux.

Maar toen bleef het even stil.

« Ils n'ouvriront pas la porte », se dit Gregor.

'Ze doen de deur niet open,' dacht Gregor bij zichzelf.

Il était encore prisonnier d'un espoir insensé.

Hij was nog steeds verstrikt in een of andere zinloze hoop.

Mais ensuite, bien sûr, la bonne s'est dirigée vers la porte.

Maar toen liep de dienstmeid natuurlijk naar de deur.

Et, comme toujours, elle ouvrit la porte au visiteur.

En zoals altijd opende ze de deur voor de bezoeker.

Gregor n'avait besoin d'entendre que les premiers mots de bienvenue du visiteur.

Gregor hoefde alleen maar de eerste begroeting van de bezoeker te horen.

Il a tout de suite compris qui était venu le chercher.

Hij kon meteen zien wie hem kwam halen.

Le chef de bureau en personne était venu prendre des nouvelles de Samsa.

De hoofdambtenaar was zelf langsgekomen om Samsa te controleren.

Pourquoi Gregor était-il le seul à être condamné à un tel sort ?

Waarom was Gregor de enige die tot dit lot veroordeeld was?

Pourquoi lui seul a-t-il dû servir dans une telle organisation ?

Waarom moest alleen hij in zo'n organisatie dienen?

Le moindre oubli éveillait immédiatement les soupçons.

De geringste vergissing wekte onmiddellijk argwaan.

Tous les employés qui travaillaient là-bas étaient-ils des scélérats ?

Waren alle werknemers die daar werkten schurken?

N'y avait-il donc parmi eux aucune personne fidèle et dévouée ?

Was er dan niemand onder hen die trouw en toegewijd was?

N'auraient-ils pas pu simplement envoyer un apprenti ?

Hadden ze niet gewoon een leerling kunnen sturen?

Toutes ces interrogations étaient-elles vraiment nécessaires ?

Was al die ondervraging wel echt nodig?

Le représentant autorisé devait-il se déplacer en personne ?

Moest de gemachtigde vertegenwoordiger zelf komen?

Fallait-il vraiment informer toute la famille innocente ?

Moest het hele onschuldige gezin op de hoogte worden gebracht?

Toutes ces considérations ont poussé Gregor à agir.

Al deze overwegingen brachten Gregor ertoe in actie te komen.

Il se hissa hors du lit de toutes ses forces.

Hij slingerde zich met al zijn kracht uit bed.

Il y a eu une forte détonation, mais ce n'était pas vraiment un bruit.

Er klonk een harde knal, maar het was eigenlijk geen geluid.

La chute avait été légèrement amortie par le tapis.

De klap was door het tapijt enigszins opgevangen.

Son dos était plus élastique que Gregor ne l'avait imaginé.

Zijn rug was elastischer dan Gregor had gedacht.

Le son était donc plus sourd et moins perceptible.

Het geluid was dus doffer en minder opvallend.

Mais il n'avait pas fait attention à sa tête pendant sa chute.

Maar hij had tijdens de val niet goed op zijn hoofd gelet.

Et lorsqu'il a touché le sol, il s'est aussi cogné la tête.

En toen hij op de grond viel, stootte hij ook zijn hoofd.

Il se frotta la tête sur le tapis, en colère et souffrant.

Hij wreef woedend en pijnlijk met zijn hoofd over het tapijt.

Mais le gérant, qui se trouvait dans la pièce d'à côté, a entendu le bruit.

Maar de manager in de kamer ernaast hoorde het lawaai.

« Quelque chose est tombé là-dedans », a-t-il observé avec justesse.

"Er is iets in gevallen," merkte hij terecht op.

Gregor essaya d'imaginer le manager dans sa situation.

Gregor probeerde zich in te leven in de situatie van de manager.

« La même chose pourrait-elle lui arriver ? » se demanda-t-il.

'Zou hem hetzelfde kunnen overkomen?' vroeg hij zich af.

Il a admis que cet étrange événement pouvait être possible.

Hij accepteerde dat deze vreemde gebeurtenis mogelijk kon zijn.

Puis le chef de bureau fit quelques pas vers la pièce.

Vervolgens liep de hoofdsecretaris een paar stappen naar de kamer.

C'était presque une réponse grossière à la question qu'il avait posée.

Het was bijna een bot antwoord op de vraag die hij stelde.

Ses bottes en cuir grinçaient lorsqu'il s'approcha de la porte.

Zijn leren laarzen kraakten toen hij de deur naderde.

Depuis la pièce située à sa droite, sa servante lui chuchota quelque chose.

Vanuit de kamer aan zijn rechterkant fluisterde zijn dienstmeid hem toe.

"Gregor, le représentant autorisé est ici."

"Gregor, de gemachtigde, is hier."

« Je sais », dit Gregor, mais seulement à voix basse pour lui-même.

'Ik weet het,' zei Gregor, maar alleen zachtjes tegen zichzelf.

Il n'osait pas élever la voix au-dessus d'un murmure.

Hij durfde zijn stem niet boven een fluistertoon te verheffen.

Parce que Gregor ne voulait pas que sa sœur l'entende.

Omdat Gregor niet wilde dat zijn zus hem hoorde.

« Gregor », dit le père depuis la pièce de gauche.

"Gregor," zei de vader vanuit de kamer aan de linkerkant.

«Le responsable est venu vérifier quel est le problème.»

"De manager is langsgekomen om te kijken wat het probleem is."

« Il vous a demandé pourquoi vous n'aviez pas pris le premier train. »

"Hij vroeg waarom je niet met de vroege trein bent vertrokken."

« Nous ne savons pas quoi lui dire », a déclaré le père.
"We weten niet wat we tegen hem moeten zeggen," zei de vader.

« D'ailleurs, il souhaite également vous parler personnellement. »
"Overigens wil hij ook graag persoonlijk met u spreken."

« Veuillez ouvrir la porte, afin qu'il puisse vous parler. »
"Doe de deur open, zodat hij met u kan praten."

« Il aura la gentillesse d'excuser le désordre dans la chambre. »
"Hij zal zo vriendelijk zijn om de rommel in de kamer te vergeven."

« Bonjour, Monsieur Samsa », lui lança le directeur.
"Goedemorgen, meneer Samsa," riep de manager hem toe.

Et il lui a certainement parlé de manière amicale.
En hij sprak hem inderdaad op een vriendelijke manier aan.

« Il ne se sent pas bien », dit la mère au gérant.
"Het gaat niet goed met hem," zei de moeder tegen de manager.

« Il ne va pas bien du tout, croyez-moi, cher manager. »
"Het gaat helemaal niet goed met hem, geloof me maar, beste manager."

« Sinon, pourquoi Gregor aurait-il raté le train du matin ? »
"Waarom zou Gregor anders de ochtendtrein missen?"

«Le garçon ne pense qu'à ses affaires.»
"De jongen heeft niets anders aan zijn hoofd dan de zaak."

« Cela m'agace presque qu'il ne fasse rien d'autre. »
"Het irriteert me bijna dat hij verder niets doet."

« J'aimerais qu'il sorte le soir pour prendre l'air. »
"Ik wou dat hij 's avonds eens naar buiten ging voor de frisse lucht."

« Il était en ville pendant huit jours pour affaires. »
"Hij was acht dagen in de stad voor zaken."

« Mais il était chez lui tous les soirs. »
"Maar hij was die avonden wel gewoon thuis."

«Il s'assoit à notre table et lit le journal.»
"Hij zit aan onze tafel en leest de krant."

« À d'autres moments, il étudie les horaires des trains. »
"Op andere momenten bestudeert hij de dienstregelingen van de treinen."
«Il lui arrive de s'occuper en faisant de la menuiserie.»
"Soms houdt hij zich bezig met timmerwerk."
« Par exemple, il a sculpté un petit cadre photo en bois. »
"Hij sneed bijvoorbeeld een klein houten fotolijstje uit."
« Pendant deux ou trois soirées, il était occupé avec la scie. »
"Gedurende twee of drie avonden was hij druk bezig met de zaag."
«Vous serez étonné(e) de voir à quel point le cadre photo est joli.»
"U zult versteld staan hoe mooi de fotolijst is."
«Il a accroché le cadre photo dans sa chambre.»
"Hij heeft de fotolijst in zijn kamer opgehangen."
« Quand il ouvrira la porte, vous verrez ses boiseries. »
"Als hij de deur opent, zie je zijn houtsnijwerk."
« Au fait, je suis ravi que vous soyez ici, Monsieur Prokurist. »
"Overigens, ik ben blij dat u hier bent, meneer Prokurist."
« Nous n'aurions pas pu, à nous seuls, forcer Gregor à ouvrir la porte. »
"Wij alleen hadden Gregor er niet toe kunnen bewegen de deur open te doen."
« Il est tellement têtu », a avoué sa mère au vendeur.
"Hij is zo koppig," bekende zijn moeder aan de winkelbediende.
« Il est certainement malade, même s'il l'a nié auparavant. »
"Hij is zeker niet in orde, hoewel hij dat eerder ontkende."
« J'arrive tout de suite », dit Gregor lentement et prudemment.
"Ik kom er meteen aan," zei Gregor langzaam en voorzichtig.
Mais il ne fit aucun mouvement vers la porte de la pièce.
Maar hij maakte geen aanstalten om naar de deur van de kamer te gaan.
Il ne voulait pas perdre un seul mot de la conversation.
Hij wilde geen woord van het gesprek missen.

Le chef de bureau a approuvé l'évaluation de la mère.
De hoofdambtenaar was het eens met de beoordeling van de moeder.
« Je ne peux pas l'expliquer autrement non plus, madame. »
"Ik kan het ook niet anders uitleggen, mevrouw."
« Espérons tous qu'il ne souffre d'aucune maladie grave », a-t-il déclaré.
"Laten we allemaal hopen dat hij geen ernstige ziekte heeft," zei hij.
« D'un autre côté, c'est un risque pour notre secteur. »
"Aan de andere kant vormt het een risico in onze branche."
« Nous, les hommes d'affaires, devons souvent surmonter un certain malaise. »
"Wij zakenmensen moeten vaak ongemakken overwinnen."
« Les professionnels doivent simplement faire abstraction des petites douleurs. »
"Professionals moeten gewoon even door kleine pijntjes heen bijten."
Pendant ce temps, son père frappa de nouveau à l'autre porte.
Ondertussen klopte zijn vader weer op de andere deur.
« Le chef de bureau peut-il entrer maintenant ? » demanda-t-il.
'Kan de hoofdsecretaris nu binnenkomen?' wilde hij weten.
« Non, il ne peut pas », répondit Gregor à la question de son père.
"Nee, dat kan hij niet," antwoordde Gregor op de vraag van zijn vader.
Un silence gênant s'installa dans la pièce de gauche.
In de kamer links viel een ongemakkelijke stilte.
Dans la pièce de droite, la sœur se mit à sangloter.
In de kamer aan de rechterkant begon de zus te snikken.
Pourquoi la sœur n'était-elle pas partie rejoindre les autres ?
Waarom was de zus niet naar de anderen gegaan?
Elle venait probablement de se lever, pensa-t-il.
Ze was waarschijnlijk net uit bed gestapt, dacht hij.
Elle n'a peut-être même pas encore commencé à s'habiller.

Misschien was ze nog niet eens begonnen met aankleden.
Mais Gregor ne comprenait pas pourquoi elle pleurait.
Maar Gregor begreep niet waarom ze huilde.
Était-ce parce qu'il ne s'était pas levé pour laisser entrer le directeur ?
Was het omdat hij niet opstond en de manager niet binnenliet?
Était-ce parce qu'il risquait de perdre son emploi ?
Was het omdat hij zijn baan dreigde te verliezen?
Le patron pourrait-il s'en prendre aux parents comme avant ?
Zou de baas de ouders weer lastigvallen, net als voorheen?
Allait-il leur formuler à nouveau les mêmes exigences qu'auparavant ?
Zou hij hun oude eisen opnieuw stellen?
Il n'y avait probablement pas lieu de s'inquiéter de ces choses-là.
Waarschijnlijk hoefde men zich over deze dingen geen zorgen te maken.
Pour le moment, elle n'avait aucune raison de pleurer.
Voorlopig had ze geen reden om te huilen.
Gregor était toujours là, subvenant aux besoins de sa famille.
Gregor was er nog steeds en zorgde voor het gezin.
Et il n'a jamais eu l'intention de quitter sa famille.
En hij was nooit van plan geweest het gezin te verlaten.
Pour le moment, il restait simplement allongé là, sur le tapis.
Voorlopig bleef hij gewoon op het tapijt liggen.
La famille ignorait son état.
De familie wist niet in welke toestand hij verkeerde.
S'ils avaient su, ils n'auraient pas encouragé son patron.
Hadden ze het geweten, dan hadden ze zijn baas niet aangemoedigd.
Ils n'auraient même pas laissé entrer le gérant.
Ze zouden de manager niet eens binnen hebben gelaten.
Le refouler n'aurait pas été particulièrement impoli.
Hem wegsturen zou niet bepaald onbeleefd zijn geweest.
Il aurait facilement pu trouver une excuse convenable plus tard.
tard.

Hij had later makkelijk een geschikt excuus kunnen vinden.
Ce n'était pas un motif de licenciement.
Het was geen reden voor zijn ontslag.
Gregor pensait qu'il serait plus judicieux de le laisser tranquille désormais.
Gregor vond het verstandiger om nu alleen gelaten te worden.
Le déranger en pleurant et en parlant n'a pas beaucoup aidé.
Hem storen met gehuil en gepraat had weinig effect.
Mais c'était l'incertitude qui inquiétait les autres.
Maar het was juist de onzekerheid die de anderen dwarszat.
Et c'est cette incertitude qui a excusé leur comportement.
En het was deze onzekerheid die hun gedrag rechtvaardigde.
« Monsieur Samsa », appela le directeur d'une voix forte.
"Meneer Samsa," riep de manager met verheven stem.
« Qu'est-ce qui se passe avec toi ? » a-t-il voulu savoir.
'Wat is er met je aan de hand?' wilde hij weten.
« Tu t'es barricadé dans ta chambre. »
"Je hebt jezelf in je kamer verschanst."
«Vous ne pouvez répondre que par «oui» ou «non».»
"Je kunt alleen met 'ja' of 'nee' antwoorden."
«Vous causez de sérieux soucis à vos parents.»
"Je bezorgt je ouders ernstige zorgen."
« Je ne vois pas de bonne raison de les inquiéter. »
"Ik zie geen goede reden waarom je ze ongerust zou maken."
« Il y a une autre chose que je mentionnerai en passant. »
"Er is nog één ding dat ik terloops wil noemen."
«Vous négligez également vos obligations professionnelles envers nous.»
"U verwaarloost ook uw zakelijke verplichtingen jegens ons."
« Une telle irresponsabilité ne vous ressemble pas du tout. »
"Zo'n onverantwoordelijk gedrag is totaal niet kenmerkend voor jou."
« Je parle ici au nom de vos parents et de votre patron. »
"Ik spreek hier namens uw ouders en uw baas."
« Et je vous demande une explication immédiate et claire. »
"En ik verzoek u om een onmiddellijke en duidelijke uitleg."
« Je dois dire que tout cela m'étonne vraiment. »

"Ik vind dit echt ongelooflijk, moet ik zeggen."
« Je pensais vous connaître comme une personne calme et raisonnable. »
"Ik dacht dat ik je kende als een kalm en redelijk persoon."
« Mais maintenant, tu nous montres une autre facette de toi. »
"Maar nu laat je ons een andere kant van jezelf zien."
«Vous faites soudain preuve de vos caprices très particuliers.»
"Plotseling laat je je wel heel eigenaardige grillen zien."
« Mais il pourrait y avoir une explication à votre échec. »
"Maar er is wellicht een verklaring voor uw mislukking."
« Le patron a mentionné une dette que vous aviez recouvrée pour nous. »
"De baas had het over een schuld die u voor ons had geïncasseerd."
« J'ai donné ma parole d'honneur au patron en votre nom. »
"Ik heb de baas namens jou mijn erewoord gegeven."
« Mais maintenant je vois votre obstination incompréhensible. »
"Maar nu zie ik je onbegrijpelijke koppigheid."
« Je pourrais encore perdre toute envie de vous aider. »
"Het zou zomaar kunnen dat ik helemaal geen zin meer heb om je te helpen."
«Votre sécurité d'emploi n'est en aucun cas totalement stable.»
"Uw baan is absoluut niet geheel stabiel."
« À l'origine, je comptais vous dire tout cela en privé. »
"Ik was oorspronkelijk van plan om je dit allemaal privé te vertellen."
« Mais maintenant je vois que vous voulez que je perde mon temps ici. »
"Maar nu zie ik dat je wilt dat ik hier mijn tijd verspil."
«Je ne vois donc aucune raison pour que vos parents ne le sachent pas.»
"Ik zie dus geen reden waarom je ouders het niet zouden mogen weten."

«Vos récentes performances n'ont pas été satisfaisantes.»
"Uw recente prestaties waren niet bevredigend."
« Je reconnais que les ventes sont plus lentes à cette période
de l'année. »
"Ik geef toe dat de verkoop in deze tijd van het jaar lager ligt."
« Mais il n'y a pas de période de l'année où il n'y a pas de
ventes. »
"Maar er is geen periode in het jaar waarin er geen uitverkoop
is."
Pendant un instant, Gregor oublia tout ce qui l'entourait.
Gregor vergat even alles om zich heen.
« Mais Monsieur Prokurist ! » s'écria Gregor, désespéré.
"Maar meneer Prokurist!", riep Gregor wanhopig uit.
« J'ouvre la porte tout de suite, maintenant, ne vous
inquiétez pas. »
"Ik doe de deur meteen open, nu meteen, maak je geen
zorgen."
«Le problème, c'est que je ne me sens pas très bien.»
"Het probleem is dat ik me de laatste tijd behoorlijk onwel
voel."
« Mes vertiges m'ont empêché d'atteindre la porte. »
"Door mijn duizeligheid kon ik niet bij de deur komen."
« Je suis encore au lit, mais je me sens beaucoup mieux. »
"Ik lig nog steeds in bed, maar ik voel me al veel beter."
«Un instant, s'il vous plaît, je viens de me lever.»
"Een momentje alstublieft, ik kom net uit bed."
« Un instant de patience, c'est tout ce que je vous demande,
Monsieur Prokurist. »
"Een momentje geduld is alles wat ik vraag, meneer
Prokurist."
« Ça ne se passe pas aussi bien que je le pensais, mais ça ira.
»
"Het gaat niet zo goed als ik had verwacht, maar het komt wel
goed."
« Comment une telle chose peut-elle arriver à une personne
aussi rapidement ? »
"Hoe kan zoiets iemand zo snel overkomen?"

« Je me sentais bien hier soir, mes parents le savent. »
"Ik voelde me gisteravond prima, mijn ouders weten dat."
« Mais peut-être avais-je déjà un petit pressentiment à ce
moment-là. »
"Maar misschien had ik toen al een klein voorgevoel."
«Vous pourriez vous demander pourquoi je ne l'ai pas
signalé au bureau.»
"Je vraagt je misschien af waarom ik het niet bij het kantoor
heb gemeld."
« Je pensais que je me sentirais beaucoup mieux demain
matin. »
"Ik dacht dat ik me 's ochtends weer veel beter zou voelen."
« On pense toujours qu'ils auront vaincu la maladie d'ici là.
»
"Je denkt altijd dat je de ziekte dan wel overwonnen hebt."
« Mais je vous en prie ! Épargnez mes parents de ces
accusations ! »
"Maar alsjeblieft! Bespaar mijn ouders deze beschuldigingen!"
« On ne m'a pas dit un mot de ce que vous m'avez dit. »
"Er is mij geen woord verteld over wat u mij verteld heeft."
« Il se peut que vous n'ayez pas lu les dernières commandes
que j'ai envoyées. »
"Je hebt de laatste orders die ik heb verstuurd misschien niet
gelezen."
« Au fait, vous n'avez pas à vous inquiéter pour moi
aujourd'hui. »
"Trouwens, je hoeft je vandaag geen zorgen over mij te
maken."
«Je vais quand même prendre le train de huit heures.»
"Ik neem nog steeds de trein van acht uur."
« Ces quelques heures de repos m'ont suffisamment
revigoré. »
"Die paar uurtjes rust hebben me voldoende kracht gegeven."
« Vous n'avez vraiment pas besoin d'attendre, manager. »
"U hoeft echt niet te wachten, manager."
« Moi aussi, je serai bientôt au bureau. »
"Ikzelf ben ook binnenkort weer op kantoor."

« Et s'il vous plaît, ayez la gentillesse de dire un mot en ma faveur. »
"En wilt u alstublieft een goed woordje voor me doen?"
Gregor avait donné son explication assez précipitamment.
Gregor had zijn uitleg nogal haastig gegeven.
Il ne savait pas vraiment ce qu'il essayait de dire.
Hij wist nauwelijks wat hij nu eigenlijk probeerde te zeggen.
Il s'est approché de la boîte et a essayé de s'en servir pour se lever.
Hij liep naar de doos en probeerde zich daarmee op te richten.
Il avait vraiment l'intention d'ouvrir la porte.
Hij was echt van plan de deur open te doen.
Il souhaitait être reçu par le représentant autorisé.
Hij wilde door de bevoegde vertegenwoordiger worden gezien.
Et il voulait régler le problème avec lui personnellement.
En hij wilde het probleem persoonlijk met hem oplossen.
Il était impatient de savoir comment les autres réagiraient à son égard.
Hij was benieuwd hoe de anderen op hem zouden reageren.
Ils doivent maintenant être impatients de savoir comment il va.
Ze zullen nu ongetwijfeld ook graag willen weten hoe het met hem gaat.
Il y avait deux façons possibles dont ils pouvaient réagir face à lui.
Er waren twee mogelijke manieren waarop ze op hem konden reageren.
Une possibilité était qu'ils aient peur.
Een mogelijkheid was dat ze bang zouden worden.
S'ils avaient peur, alors il n'en était pas responsable.
Als ze bang waren, dan was hij daar niet verantwoordelijk voor.
Et alors, il n'aurait plus à s'inquiéter de la situation.
En dan hoefde hij zich geen zorgen meer te maken over de situatie.
Mais il y avait aussi une autre possibilité à envisager.

Maar er was ook nog een andere mogelijkheid om over na te denken.

Peut-être accepteraient-ils sereinement sa personnalité.

Misschien zouden ze hem rustig accepteren zoals hij was.

Gregor n'aurait alors aucune raison de se fâcher non plus.

Dan zou Gregor ook geen reden hebben om boos te worden.

Il y aurait encore assez de temps pour prendre le train.

Er zou nog genoeg tijd zijn om de trein te halen.

Cependant, se tenir debout n'était pas une tâche facile.

Rechtop staan was echter geenszins een gemakkelijke opgave.

Lors de ses premières tentatives, il a glissé hors de la boîte.

Bij zijn eerste pogingen gleed hij van de doos af.

La boîte était trop lisse pour qu'il puisse s'y appuyer.

De doos was te glad om ertegenaan te kunnen staan.

Et finalement, il se donna un dernier effort pour se relever.

En tenslotte gaf hij zichzelf nog een laatste duw om overeind te komen.

Il ne prêta plus attention à la douleur qu'il ressentait à l'abdomen.

Hij schonk geen aandacht meer aan de pijn in zijn buik.

Peu importe l'intensité de la douleur, il la surmonterait.

Hoe erg de pijn ook was, hij zou erdoorheen komen.

Il se laissa tomber contre le dossier d'une chaise voisine.

Hij liet zich tegen de rugleuning van een nabijgelegen stoel vallen.

Et il s'accrochait aux bords avec ses petites jambes.

En hij hield zich met zijn kleine beentjes vast aan de randen.

À ce stade, il avait repris le contrôle de lui-même.

Hij had zichzelf nu beter onder controle.

Et sa chute fut plus silencieuse que la précédente.

En zijn val was stiller dan de vorige.

Parce qu'il devait écouter ce que disait le manager.

Omdat hij moest luisteren naar wat de manager zei.

« Avez-vous compris quelque chose à tout cela ? » demanda-t-il aux parents.

"Hebben jullie daar iets van begrepen?" vroeg hij aan de ouders.

« Il ne se moquerait pas de nous, n'est-ce pas ? »
"Hij zou ons toch niet voor schut zetten, hè?"
« Pour l'amour de Dieu ! » s'écria la mère, déjà en larmes.
"In godsnaam!", riep de moeder, terwijl ze al in tranen
uitbarstte.
« Il est peut-être gravement malade et nous le tourmentons. »
"Hij is mogelijk ernstig ziek en we kwellen hem."
« Grete ! Grete ! » cria-t-elle à sa fille.
"Grete! Grete!" schreeuwde ze naar haar dochter.
« Maman ? » appela la sœur de l'autre côté.
'Moeder?' riep de zus van de andere kant.
Ils ont ensuite communiqué par l'intermédiaire de la
chambre de Gregor.
Vervolgens communiceerden ze via Gregors kamer.
« Gregor est très malade et il a besoin de médicaments. »
"Gregor is erg ziek en heeft medicijnen nodig."
«Vous devrez aller chez le médecin immédiatement.»
"U moet onmiddellijk naar de dokter."
« Tu as entendu comment Gregor parlait tout à l'heure ? »
"Heb je gehoord hoe Gregor net praatte?"
« C'était la voix d'un animal », a déclaré le gérant.
"Dat was de stem van een dier," zei de manager.
Ses paroles étaient douces comparées aux cris de la mère.
Zijn woorden klonken zacht in vergelijking met het
geschreeuw van de moeder.
« Anna ! Anna ! » appela le père depuis l'antichambre.
"Anna! Anna!" riep de vader vanuit de voorkamer.
Et il a claqué des mains pour attirer leur attention.
En hij klapte in zijn handen om hun aandacht te trekken.
« Appelez immédiatement un serrurier ! » ordonna-t-il à la
bonne.
"Haal onmiddellijk een slotenmaker!" beval hij de dienstmeid.
Les filles, en jupes, traversèrent l'antichambre en courant.
De meisjes renden in hun rokken door de voorkamer.
Et leurs jupes bruissaient lorsqu'elles passèrent en courant
devant sa chambre.
En hun rokken ritselden toen ze langs zijn kamer renden.

« Comment sa sœur a-t-elle fait pour s'habiller si vite ? » se demanda-t-il.

'Hoe heeft de zus zich zo snel aangekleed?' dacht hij.

La porte a été arrachée, mais elle n'a pas été claquée.

De deur werd opengereten, maar niet dichtgeslagen.

C'est fréquent dans les maisons où survient un grand malheur.

Dit komt vaak voor in huizen waar een groot ongeluk heeft plaatsgevonden.

Mais tout cela avait considérablement apaisé Gregor.

Maar dit alles had Gregor veel rustiger gemaakt.

Quand il entendait ses propres paroles, elles lui paraissaient claires.

Toen hij zijn eigen woorden hoorde, klonken ze hem helder in de oren.

En fait, il estimait que ses paroles avaient été plus claires.

Hij vond zelfs dat zijn woorden duidelijker waren geweest.

Mais les autres ne comprenaient plus ce qu'il disait.

Maar de anderen begrepen niet meer wat hij zei.

Peut-être s'était-il habitué à ses oreilles à ce moment-là.

Misschien was hij inmiddels gewend geraakt aan zijn oren.

Mais au moins, ils comprenaient maintenant mieux sa situation.

Maar ze begrepen zijn situatie nu tenminste beter.

Ils se sont rendu compte qu'il y avait vraiment quelque chose qui n'allait pas chez lui.

Ze beseften dat er echt iets mis met hem was.

Et ils faisaient maintenant tout leur possible pour l'aider.

En ze deden nu alles wat ze konden om hem te helpen.

Cela redonna à Gregor un sentiment de confiance qui lui manquait.

Dit gaf Gregor een gevoel van zelfvertrouwen dat hij miste.

Et il se sentait de nouveau beaucoup plus en sécurité au sein de sa famille.

En hij voelde zich weer veel veiliger binnen het gezin.

Il avait le sentiment d'être à nouveau intégré au cercle humain.

Hij had het gevoel dat hij weer deel uitmaakte van de menselijke kring.

Il ne lui restait plus qu'à espérer que le serrurier puisse ouvrir la porte.

Nu moest hij maar hopen dat de slotenmaker de deur open kon krijgen.

Et il espérait que le médecin serait capable d'accomplir de telles tâches.

En hij hoopte dat de dokter dergelijke taken zou kunnen uitvoeren.

Il allait bientôt devoir reprendre la parole.

Hij zou binnenkort weer meer moeten praten.

Il allait falloir que sa voix soit aussi claire que possible.

Zijn stem moest zo duidelijk mogelijk zijn.

Pour se préparer à la réunion, il s'éclaircit la gorge.

Ter voorbereiding op de vergadering schraapte hij zijn keel.

Il s'efforçait toutefois de tousser très discrètement.

Hij deed echter zijn best om zo zachtjes mogelijk te hoesten.

Ce bruit pouvait être différent d'une toux humaine.

Het geluid klonk mogelijk anders dan een menselijke hoest.

Il savait qu'il ne pouvait plus faire la différence entre de telles choses.

Hij wist dat hij zulke dingen niet meer van elkaar kon onderscheiden.

Dans la pièce voisine, le silence était total.

In de aangrenzende kamer was het volkomen stil geworden.

Les parents étaient probablement assis à table.

De ouders zaten waarschijnlijk aan tafel.

Ils chuchotaient peut-être avec le gérant.

Ze hebben wellicht gefluisterd met de manager.

Peut-être que tout le monde était appuyé contre la porte et écoutait.

Misschien stond iedereen wel tegen de deur geleund te luisteren.

Gregor poussa lentement la chaise vers la porte.

Gregor schoof de stoel langzaam naar de deur.

Il s'appuya contre la porte et se tint droit.

Hij duwde zich tegen de deur af en hield zichzelf overeind.
Il a découvert que la plante de ses pieds était légèrement collée.
Hij ontdekte dat er een beetje lijm op de kussentjes van zijn voeten zat.
Et il se reposa là un instant, épuisé.
En hij rustte daar even uit van de inspanning.
Après s'être suffisamment reposé, il s'attela à la tâche suivante.
Nadat hij voldoende uitgerust was, begon hij aan de volgende taak.
Il commença à tourner la clé dans la serrure avec sa bouche.
Hij begon de sleutel in het slot met zijn mond om te draaien.
Malheureusement, il semblait qu'il n'avait pas de dents.
Helaas bleek dat hij geen echte tanden had.
Mais quel autre moyen avait-il pour s'emparer des clés ?
Maar op welke andere manier had hij de sleutels kunnen bemachtigen?
Heureusement pour lui, ses mâchoires étaient bien sûr très fortes.
Gelukkig voor hem waren zijn kaken natuurlijk erg sterk.
Grâce à la force de ses mâchoires, il a vraiment réussi à faire bouger la clé.
Met behulp van zijn kaken kreeg hij de sleutel echt in beweging.
Il ne doutait pas qu'il se faisait du mal à lui-même également.
Hij twijfelde er niet aan dat hij zichzelf ook schade berokkende.
Parce qu'un liquide brunâtre sortait de sa bouche.
Omdat er een bruine vloeistof uit zijn mond kwam.
Le liquide brunâtre a coulé sur la clé et le long de la porte.
De bruine vloeistof stroomde over de sleutel en langs de deur naar beneden.
Mais Gregor ne se souciait pas de se faire du mal.
Maar Gregor gaf er niets om dat hij zichzelf daarmee pijn deed.

« Vous entendez ça ? » demanda le gérant dans la pièce
voisine.

'Kun je dat horen?' vroeg de manager in de aangrenzende
kamer.

« Il tourne la clé », avait remarqué le gérant.

"Hij draait de sleutel om," had de manager opgemerkt.

Ces paroles furent un grand encouragement pour Gregor.

Deze woorden waren een grote aanmoediging voor Gregor.

Mais le père et la mère auraient également dû crier :

Maar de vader en moeder hadden ook moeten roepen:

« Bien joué, Gregor ! » auraient-ils dû lui crier.

"Goed zo, Gregor," hadden ze hem moeten toeroepen.

«Continue, continue de tourner la clé, tu peux le faire.»

"Ga door, blijf die sleutel omdraaien, je kunt het."

Mais Gregor dut plutôt imaginer leur enthousiasme.

Maar Gregor moest zich hun opwinding inbeelden.

Il serra les mâchoires de toutes ses forces.

Hij klemde zijn kaken op elkaar met al zijn kracht.

Et il continua à tourner la clé dans la serrure.

En hij bleef de sleutel in het slot ronddraaien.

Son corps se tordit douloureusement en un cercle.

Zijn lichaam kronkelde pijnlijk in een cirkel.

Il ne tenait plus debout qu'avec sa bouche.

Hij hield zich nu alleen nog maar met zijn mond overeind.

Pour continuer à tourner la clé, il appuya contre la porte.

Om de sleutel te blijven draaien, drukte hij tegen de deur.

**Finalement, le claquement de la serrure réveilla de nouveau
Gregor.**

Eindelijk wekte het geluid van het dichtslaan van het slot
Gregor weer.

**« Je n'avais donc pas besoin du serrurier », soupira-t-il de
soulagement.**

"Dus ik had geen slotenmaker nodig," zuchtte hij opgelucht.

**Il ne lui restait plus qu'à ouvrir la porte qu'il avait
déverrouillée.**

Nu hoefde hij alleen nog maar de deur te openen die hij had
ontgrendeld.

Et, la tête sur la poignée, il ouvrit la porte.

En met zijn hoofd op de klink opende hij de deur.

Il se trouvait derrière la porte qui donnait sur sa chambre.

Hij stond achter de deur die toegang gaf tot zijn kamer.

La porte était donc déjà ouverte avant même qu'on puisse le voir.

De deur stond dus al open voordat hij te zien was.

Il lui fallait ensuite se faufiler autour de la porte elle-même.

Vervolgens moest hij zich om de deur heen manoeuvreren.

Ce mouvement difficile a également nécessité beaucoup d'efforts.

Deze lastige beweging vergde ook veel inspanning.

Il ne voulait pas tomber maladroitement dans la pièce voisine.

Hij wilde niet onhandig de volgende kamer binnenvallen.

Il n'avait donc pas le temps de prêter attention à quoi que ce soit d'autre.

Hij had dus geen tijd om op iets anders te letten.

Mais il entendit alors le chef de bureau s'exclamer bruyamment : « Oh ! »

Maar toen hoorde hij de hoofdsecretaris luid "O!" roepen.

On aurait dit que le vent soufflait en rafales dans la maison.

Het klonk alsof de wind door het huis raasde.

Il se trouvait être celui qui était le plus proche de la porte.

Hij was toevallig degene die het dichtst bij de deur stond.

Et maintenant, en le voyant, il porta sa main à sa bouche.

En toen hij hem zag, drukte hij zijn hand tegen zijn mond.

Il recula lentement, s'éloignant de Gregor.

Hij bewoog zich langzaam achteruit, weg van Gregor.

Mais c'était comme si une force invisible agissait sur lui.

Maar het was alsof een onzichtbare kracht op hem inwerkte.

La première chose que fit la mère fut de regarder le père.

Het eerste wat de moeder deed, was naar de vader kijken.

Malgré la présence du gérant, ses cheveux étaient en désordre.

Ondanks de aanwezigheid van de manager was haar haar warrig.

Elle déplia les bras et fit deux pas en avant.
Ze vouwde haar armen open en deed twee stappen naar voren.
Mais elle s'est effondrée au milieu de sa jupe.
Maar toen zakte ze in elkaar, midden in haar rok.
Sa robe s'est étalée tout autour d'elle sur le sol.
Haar jurk spreidde zich helemaal om haar heen uit op de vloer.
Et sa tête disparut sur sa poitrine.
En haar hoofd verdween naar beneden, op haar eigen borsten.
Le père serra le poing avec une expression hostile.
De vader balde zijn vuist met een vijandige uitdrukking.
Il semblait vouloir que Gregor soit renvoyé dans sa chambre.
Hij leek Gregor terug in zijn kamer te willen duwen.
Il jeta ensuite un regard incertain autour du salon.
Vervolgens keek hij onzeker rond in de woonkamer.
Et finalement, il se couvrit les yeux entre ses mains.
En tenslotte bedekte hij zijn ogen met zijn handen.
Et il pleura amèrement jusqu'à ce que sa poitrine puissante tremble.
En hij huilde bitter, tot zijn machtige borst beefde.
Gregor n'est en réalité pas entré dans leur chambre.
Gregor is in werkelijkheid helemaal niet hun kamer binnengegaan.
Au lieu de cela, il s'appuya contre le cadre de la porte.
In plaats daarvan leunde hij tegen het deurkozijn.
Seule la moitié de son corps était visible de l'extérieur.
Voor de buitenstaanders was slechts de helft van zijn lichaam zichtbaar.
Et sur son corps reposait sa tête, inclinée sur le côté.
En bovenop zijn lichaam lag zijn hoofd, schuin opzij gekanteld.
La lumière était désormais devenue beaucoup plus vive qu'auparavant.
Inmiddels was het licht veel feller geworden dan voorheen.
On pouvait désormais voir clairement l'autre côté de la rue.

Nu was de overkant van de straat duidelijk zichtbaar.
Une partie de l'hôpital gris et interminable se dévoila.
Een gedeelte van het eindeloze, grijze ziekenhuis werd zichtbaar.
La pluie matinale n'avait pas encore complètement cessé de tomber.
De ochtendregen was nog niet helemaal opgehouden.
Mais maintenant, les gouttes de pluie étaient plus grosses et plus espacées.
Maar nu waren de regendruppels groter en lagen ze verder uit elkaar.
Les plats du petit-déjeuner étaient disposés en abondance sur la table.
Het ontbijt stond in overvloed op tafel.
Le père considérait le petit-déjeuner comme le repas le plus important.
De vader vond het ontbijt de belangrijkste maaltijd.
Le petit-déjeuner était un repas qu'il s'éternisait pendant des heures.
Het ontbijt was voor hem een maaltijd die urenlang duurde.
Et pendant ces heures, il lisait les différents journaux.
En in die uren las hij de verschillende kranten.
Juste en face, sur le mur, était accrochée une photo de Gregor.
Aan de tegenoverliggende muur hing een foto van Gregor.
La photographie accrochée au mur le montrait en lieutenant.
Op de foto aan de muur was hij te zien als luitenant.
C'était une photo de l'époque où il était dans l'armée.
Het was een foto uit de tijd dat hij in het leger zat.
Sa main était posée sur son épée, et il arborait un sourire insouciant.
Zijn hand rustte op zijn zwaard en hij had een zorgeloze glimlach op zijn gezicht.
Sa posture et son uniforme imposaient un certain respect.
Zijn houding en uniform dwongen een zekere mate van respect af.

L'autre porte qui menait à l'antichambre était également ouverte.

De andere deur die naar de voorkamer leidde, stond ook open.

Et la porte de l'appartement était encore ouverte elle aussi.

En de deur naar het appartement stond ook nog open.

On pouvait voir jusqu'à la cour de l'immeuble.

Men kon helemaal tot aan de voortuin van het appartementencomplex kijken.

Puis les escaliers descendaient sur la rue en contrebas.

En vervolgens leidde de trap naar beneden, naar de straat.

Gregor était le seul à avoir gardé son sang-froid.

Gregor was de enige die zijn kalmte had bewaard.

Il a constaté cela, la conversation était donc de sa responsabilité.

Hij zag dit, dus het was zijn verantwoordelijkheid om het gesprek aan te gaan.

« Bon, je vais m'habiller pour le travail maintenant », dit-il.

'Nou, ik ga me nu aankleden voor mijn werk,' zei hij.

« Une fois que j'aurai emballé les échantillons de tissu, je partirai. »

"Nadat ik de textielstalen heb ingepakt, vertrek ik."

«Vous comptez toujours me tirer dessus, Monsieur Prokurist ?»

"Bent u nog steeds van plan mij te ontslaan, meneer Prokurist?"

« Comme vous pouvez le constater, je ne suis pas aussi têtue que vous le pensiez. »

"Zoals je ziet, ben ik niet zo koppig als je dacht."

« Et vous pouvez constater que j'aime bien travailler, après tout. »

"En je ziet dus dat ik het wel degelijk leuk vind om te werken."

« Je peux admettre que voyager pour le travail n'est pas facile. »

"Ik geef toe dat reizen voor mijn werk niet makkelijk is."

« Mais je peux aussi accepter que cela fasse partie de mon travail. »

"Maar ik kan ook accepteren dat het onderdeel is van mijn werk."

« Chef de projet, où allez-vous ? Retournez-vous au bureau ? »

"Manager, waar gaat u heen? Terug naar kantoor?"

« Allez-vous rapporter fidèlement tout ce que vous avez vu ? »

"Zult u alles wat u hebt gezien naar waarheid vertellen?"

«Il arrive parfois qu'on soit dans l'incapacité d'aller travailler.»

"Soms komt het voor dat iemand niet naar zijn werk kan gaan."

« C'est le moment idéal pour se souvenir des succès passés. »

"Dat is het juiste moment om stil te staan bij successen uit het verleden."

« Une fois la difficulté surmontée, on travaille encore mieux. »

"Nadat de moeilijkheid is weggenomen, werkt men nog beter."

« Ma diligence et ma concentration vont augmenter. »

"Mijn ijver en concentratie zullen toenemen."

«Vous savez très bien que je suis redevable envers le patron.»

"Je weet heel goed dat ik de baas veel verschuldigd ben."

« Mais je suis aussi inquiète pour mes parents et ma sœur. »

"Maar ik maak me ook zorgen om mijn ouders en mijn zus."

« Je suis dans une situation délicate, mais je vais m'en sortir. »

"Ik zit in een lastig parket, maar ik vind wel een manier om hieruit te komen."

« Ne compliquez pas davantage les choses. »

"Maak het niet nog moeilijker dan het al is."

« En tant que collègues, nous devons aussi nous entraider. »

"Als collega's moeten we elkaar ook helpen."

« Je sais que les employés de bureau n'aiment pas les voyageurs. »

"Ik weet dat de kantoormedewerkers de reizigers niet mogen."

«Vous croyez qu'on gagne des fortunes et qu'on mène une vie confortable.»

"Jullie denken dat we een fortuin verdienen en een goed leven leiden."

« Ils n'ont aucune raison valable de tenir compte de leurs préjugés. »

"Ze hebben geen enkele reden om hun vooroordelen te overwegen."

« Mais vous, agent habilité, votre rôle est différent. »

"Maar u, als bevoegd functionaris, heeft een andere rol."

«Vous avez une meilleure vue d'ensemble que les autres membres du personnel.»

"Jij hebt een beter overzicht dan de andere medewerkers."

« En fait, je pense que vous avez peut-être la meilleure vue d'ensemble. »

"Sterker nog, ik denk dat u misschien wel het beste overzicht heeft."

«Vous avez une meilleure vision d'ensemble que le patron lui-même.»

"U heeft een beter overzicht dan de baas zelf."

« J'admets que c'est le patron qui fait le travail d'entrepreneur. »

"Ik geef toe dat de baas wel degelijk het ondernemerswerk doet."

« Mais il est facile de se tromper dans ses jugements. »

"Maar zijn oordelen kunnen gemakkelijk misleid worden."

« Et ces petites erreurs de jugement peuvent nous être préjudiciables. »

"En deze kleine misstappen kunnen ons duur komen te staan."

«Vous savez combien il est facile de parler du voyageur.»

"Je weet hoe makkelijk het is om over de reiziger te praten."

« Il n'est pas là pour défendre sa réputation contre les rumeurs. »

"Hij is daar niet om zijn reputatie te verdedigen tegen roddels."

« Ces accusations peuvent très bien n'être que des coïncidences. »

"Deze beschuldigingen kunnen heel goed gewoon toeval zijn."

« Nombre de ces plaintes ne reposent même sur aucune vérité. »

"Veel klachten zijn zelfs niet op de waarheid gebaseerd."

«Il est absent du bureau pendant presque toute l'année.»

"Hij is bijna het hele jaar niet op kantoor."

«Quelles chances a-t-il de défendre sa propre réputation ?»

"Welke kans heeft hij om zijn eigen reputatie te verdedigen?"

«Il n'a même pas connaissance des accusations.»

"Hij krijgt niet eens iets te horen over de beschuldigingen."

«Il découvre ce qui a été dit lorsqu'il est trop tard.»

"Hij komt erachter wat er gezegd is als het te laat is."

« À ce stade, il est épuisé par le voyage de la journée. »

"Tegen die tijd is hij uitgeput van de reis van die dag."

« Il devra de toute façon en subir les terribles conséquences. »

"Hij moet de vreselijke gevolgen hoe dan ook ondervinden."

« Même s'il n'a aucun moyen de comprendre le problème. »

"Ook al kan hij het probleem onmogelijk begrijpen."

« Oh, manager, ne partez pas sans me dire un mot. »

"O manager, ga alstublieft niet weg zonder even met me te praten."

«Dites-moi au moins que vous êtes d'accord avec moi en partie.»

"Zeg me in ieder geval dat je het gedeeltelijk met me eens bent."

Mais le directeur s'était détourné de Gregor bien plus tôt.

Maar de manager had zich al veel eerder van Gregor afgewend.

Son épaule tressaillit lorsqu'il se retourna vers Gregor.

Zijn schouder trilde even toen hij naar Gregor achterom keek.

Et il n'est pas resté immobile une seule fois pendant tout son discours.

En hij heeft tijdens zijn toespraak geen moment stilgestaan.

Il se retournait vers Gregor, les lèvres pincées.

Hij had Gregor met samengeknepen lippen aangekeken.

Il reculait progressivement vers la porte.

Hij was geleidelijk naar de deur toe achteruitgelopen.

Mais il ne pouvait pas non plus détacher son regard de Gregor.

Maar ook hij kon zijn ogen niet van Gregor afhouden.

Il avait l'impression qu'il lui était secrètement interdit de quitter la pièce.

Hij had het gevoel dat er een geheim verbod gold om de kamer te verlaten.

Mais à ce stade, il se trouvait déjà dans le hall d'entrée.

Maar op dat moment bevond hij zich al in de entreehal.

Et soudain, il fit un mouvement vers la sortie.

En nu maakte hij een plotselinge beweging richting de uitgang.

Il tendit la main droite vers les escaliers.

Hij strekte zijn rechterhand uit naar de trap.

Peut-être qu'une force surnaturelle attendait pour le sauver.

Misschien stond er wel een bovennatuurlijke kracht klaar om hem te redden.

Gregor savait qu'il ne pouvait pas le laisser partir comme ça.

Gregor wist dat hij hem niet zomaar kon laten vertrekken.

Le manager ne doit pas revenir dans le même état d'esprit qu'avant.

De manager mag niet in dezelfde stemming terugkeren als waarin hij was.

La sécurité de l'emploi de Gregor était fortement menacée.

De baan van Gregor stond ernstig op het spel.

Les parents ne comprenaient pas tout cela.

De ouders konden dit allemaal niet helemaal begrijpen.

Au fil des ans, ils s'étaient habitués à sa sécurité d'emploi.

In de loop der jaren waren ze gewend geraakt aan zijn baanzekerheid.

Et ils étaient convaincus qu'il avait ce poste à vie.

En ze waren ervan overtuigd geraakt dat hij de baan voor het leven had.

Au lieu de cela, ils s'étaient préoccupés d'autres soucis.

In plaats daarvan waren ze druk bezig geraakt met andere zaken.

Mais ces préoccupations leur ont fait perdre toute prévoyance.
Maar door deze zorgen verloren ze elk vooruitziend vermogen.
Gregor, cependant, n'avait pas perdu la clairvoyance de ses parents.
Gregor had echter het vooruitziende vermogen van zijn ouders niet verloren.
Il a fallu que quelqu'un arrête le représentant autorisé.
Iemand moest de gemachtigde vertegenwoordiger tegenhouden.
Il allait devoir le calmer et le convaincre.
Hij zou hem moeten kalmeren en overtuigen.
L'avenir de Gregor et de sa famille en dépendait !
De toekomst van Gregor en zijn familie hing ervan af!
Si seulement sa sœur intelligente avait été là pour l'aider.
Was die slimme zus er maar geweest om te helpen.
Elle avait déjà pleuré alors que Gregor était encore dans sa chambre.
Ze had al gehuild toen Gregor nog in zijn kamer was.
À ce moment-là, il était simplement allongé tranquillement sur le dos.
Op dat moment lag hij gewoon rustig op zijn rug.
Elle connaissait déjà l'importance de la situation à ce moment-là.
Ze besefte toen al hoe belangrijk de situatie was.
Le directeur était connu pour avoir un faible pour les femmes.
De manager had een aantoonbaar zwak voor vrouwen.
Elle aurait facilement pu le persuader de rester plus longtemps.
Ze had hem er makkelijk van kunnen overtuigen om langer te blijven.
Elle aurait fermé la porte et l'aurait fait rentrer.
Ze zou de deur hebben gesloten en hem weer naar binnen hebben geleid.

Mais malheureusement, sa sœur était partie chercher un médecin.

Maar helaas was de zus een dokter gaan halen.

Gregor n'avait donc pas d'autre choix que de le faire lui-même.

Gregor had daarom geen andere keus dan het zelf te doen.

Il n'avait pas réfléchi à quelles étaient réellement ses capacités.

Hij had er niet bij stilgestaan wat zijn werkelijke vaardigheden inhielden.

Et il avait oublié de se méfier de sa capacité à parler.

En hij was vergeten te twijfelen aan zijn eigen vermogen om te spreken.

Mais il a néanmoins quitté la sécurité de sa chambre.

Maar desondanks verliet hij de veiligheid van zijn kamer.

Et il se faufila par l'ouverture de la pièce.

En hij wurmde zich door de opening van de kamer.

Le directeur était déjà en train de descendre les escaliers.

De manager was al op weg naar beneden via de trap.

Mais il s'accrochait à la rambarde à deux mains.

Maar hij hield zich met beide handen vast aan de leuning.

Gregor tomba en se poussant à travers la porte.

Gregor viel toen hij zich door de deur probeerde te wurmen.

Il laissa échapper un petit cri en cherchant un appui.

Hij slaakte een kleine gil terwijl hij zich vastgreep.

Mais au lieu de paniquer, il a ressenti un bien-être physique.

Maar in plaats van in paniek te raken, voelde hij zich fysiek goed.

Pour la première fois ce matin-là, quelque chose semblait juste.

Voor het eerst die ochtend voelde alles goed aan.

Il avait désormais toutes les jambes bien ancrées au sol.

Al zijn benen stonden nu weer op vaste grond.

Il était surpris de constater à quel point il contrôlait bien ses jambes.

Hij was verrast hoe goed hij zijn benen kon beheersen.

Il était heureux de constater que ses jambes lui obéissaient parfaitement.

Hij was blij te constateren dat zijn benen hem volledig gehoorzaamden.

En réalité, ses jambes le portaient partout où il le voulait.

In feite brachten zijn benen hem overal naartoe waar hij wilde.

Bientôt, tous ses chagrins allaient prendre fin.

Al zijn zorgen zouden spoedig tot een einde komen.

Mais au même moment, sa propre mère se leva d'un bond.

Maar op precies hetzelfde moment sprong zijn eigen moeder overeind.

Ses bras étaient tendus et ses doigts écartés.

Haar armen waren uitgestrekt en haar vingers gespreid.

Et elle s'est écriée : « Au secours ! Au nom de Dieu, que quelqu'un m'aide ! »

En ze riep uit: "Help, in godsnaam, iemand moet helpen!"

Elle inclina la tête ; elle voulait mieux voir Gregor.

Ze kantelde haar hoofd; ze wilde Gregor beter kunnen zien.

Mais contrairement à sa première action, elle est revenue en courant.

Maar in tegenstelling tot haar eerste actie rende ze terug.

Elle avait oublié que la table était mise derrière elle.

Ze was vergeten dat de tafel achter haar gedekt stond.

Tout ce qui était prévu pour le petit-déjeuner était encore sur la table.

Alles wat we voor het ontbijt nodig hadden, stond nog op tafel.

Elle s'assit précipitamment sur la table, comme distraite.

Ze ging haastig op tafel zitten, alsof ze afgeleid was.

Et elle n'a pas semblé remarquer le café renversé.

En ze leek de gemorste koffie niet op te merken.

Le café était maintenant en train d'imbiber la moquette.

De koffie was nu in het tapijt getrokken.

« Maman, maman », dit doucement Gregor en levant les yeux vers elle.

"Moeder, moeder," zei Gregor zachtjes, terwijl hij naar haar opkeek.

Pour le moment, le manager ne lui importait pas.
Op dat moment was de manager niet belangrijk voor hem.
Mais il y avait aussi le café qui coulait sur la moquette.
Maar er was ook nog de koffie die op het tapijt was
gedruppeld.
**Gregor n'a pas pu s'empêcher de claquer des dents devant le
café.**
Gregor kon het niet laten om zijn kaken naar de koffie te
klappen.
La mère se remit à pleurer à cause de son comportement.
De moeder begon opnieuw te huilen vanwege zijn gedrag.
Elle a sauté de la table pour prendre ses distances avec lui.
Ze sprong van de tafel om afstand van hem te nemen.
Et elle s'est réfugiée dans les bras de son père.
En ze rende in de armen van haar vader, op zoek naar
veiligheid.
Mais Gregor n'avait plus de temps à consacrer à ses parents.
Maar Gregor had nu geen tijd meer over voor zijn ouders.
L'agent habilité se trouvait déjà dans l'escalier.
De bevoegde functionaris bevond zich al op de trap.
**Il avait le menton appuyé sur la rambarde, pour regarder à
l'intérieur de la maison.**
Hij had zijn kin op de reling laten rusten om naar binnen te
kunnen kijken.
**Apparemment, il voulait jeter un dernier coup d'œil au
spectacle.**
Blijkbaar wilde hij nog een laatste blik op het schouwspel
werpen.
Et Gregor fit un dernier effort pour joindre le directeur.
En Gregor deed nog een laatste poging om de manager te
bereiken.
Il courut vers la porte aussi prudemment qu'il le put.
Hij rende zo veilig mogelijk naar de deur.
Mais le chef de bureau devait se douter de quelque chose.
Maar de hoofdsecretaris moet iets hebben vermoed.
Parce qu'il a descendu quelques marches et a disparu.

Omdat hij een aantal treden naar beneden sprong en verdween.

« Hein ! » s'écria Gregor, sa voix résonnant dans la cage d'escalier.

"Hè!" riep Gregor, zijn stem galmde door het trappenhuis.

La fuite du manager sembla également déconcerter son père.

Ook zijn vader leek in verwarring te zijn over de ontsnapping van de manager.

Jusque-là, il était parvenu à garder son calme.

Tot dan toe was hij erin geslaagd om tamelijk kalm te blijven.

Mais malheureusement, lui aussi a perdu le sang-froid qu'il avait eu.

Maar helaas verloor ook hij zijn zelfbeheersing.

Il aurait dû aider Gregor dans sa quête.

Wat hij had moeten doen, is Gregor helpen bij zijn zoektocht.

Mais, d'une main, il saisit la canne du directeur.

Maar hij greep met één hand de wandelstok van de manager vast.

Et dans l'autre main, il tenait maintenant un journal.

En in zijn andere hand hield hij nu een krant vast.

Et il entravait désormais directement Gregor dans sa poursuite.

En nu belemmerde hij Gregor rechtstreeks in zijn streven.

Il s'était placé entre Gregor et la rue.

Hij had zich tussen Gregor en de straat geplaatst.

Il tapa du pied et agita le bâton et le journal.

Hij stampte met zijn voeten en zwaaide met de stok en de krant.

Et il forçait activement Gregor à retourner dans sa chambre.

En hij dwong Gregor met alle middelen terug naar zijn kamer.

Aucune des demandes formulées par Gregor n'a été utile.

Geen van de verzoeken die Gregor deed, hielp.

Parce qu'aucune de ses demandes n'a été comprise.

Omdat geen van zijn verzoeken werd begrepen.

Il tourna la tête vers un angle plus profond et plus humble.

Hij draaide zijn hoofd in een diepere, meer bescheiden hoek.

Mais son père répondit en tapant du pied encore plus fort.

Maar zijn vader antwoordde door nog harder met zijn voeten te stampen.

La mère ouvrit une fenêtre, malgré la fraîcheur ambiante.

De moeder opende een raam, ondanks het koele weer.

Et elle enfouit son visage dans ses mains froides.

En ze drukte haar gezicht in haar handen tegen de kou.

Le vent pouvait désormais traverser tout l'appartement.

De wind kon nu door het hele appartement waaien.

Un fort courant d'air soufflait de l'escalier vers la ruelle.

Een stevige tocht blies vanuit de trap naar het steegje.

Les rideaux claquaient sous l'effet du vent violent.

De gordijnen wapperden heen en weer door de harde wind.

Et le journal posé sur la table bruissait dans le vent.

En de krant op tafel ritselde in de wind.

Même des feuilles ont été soufflées à l'intérieur de la maison depuis l'extérieur.

Er waren zelfs bladeren van buiten naar binnen gewaaid.

Le père tapa du pied et poussa sans relâche.

De vader stampte met zijn voeten en duwde onophoudelijk.

Et il sifflait et émettait des bruits comme un homme sauvage.

En hij siste en maakte geluiden zoals een wild man dat zou doen.

Mais Gregor ne s'était pas encore entraîné à marcher à reculons.

Maar Gregor had nog niet geoefend met achteruitlopen.

Même Gregor admettrait que ce mouvement était beaucoup plus lent.

Zelfs Gregor zou toegeven dat deze beweging veel langzamer was.

Tout ce qu'il souhaitait, c'était avoir la possibilité de faire demi-tour.

Het enige wat hij wilde, was de kans om zich om te draaien.

Il serait alors allé directement dans sa chambre.

Dan zou hij meteen naar zijn kamer zijn gegaan.

Mais il avait trop peur d'impatienter son père.

Maar hij was te bang om zijn vader ongeduldig te maken.

Et il y avait la menace d'un coup de bâton.
En er was de dreiging van een klap met de stok.
Un tel coup à l'arrière de la tête pourrait être fatal.
Een dergelijke klap tegen het achterhoofd kan fataal zijn.
Mais finalement, Gregor n'avait pas d'autre choix.
Maar uiteindelijk had Gregor geen andere keuze.
Il s'est rendu compte qu'il ne pouvait même plus marcher droit à reculons.
Hij besefte dat hij zelfs niet meer recht achteruit kon lopen.
Il commença à se retourner aussi vite qu'il le put.
Hij begon zich zo snel mogelijk om te draaien.
Mais en réalité, ce mouvement de rotation était tout aussi lent.
Maar in werkelijkheid was deze draaibeweging net zo traag.
Et il fut suivi des regards anxieux du père.
En hij werd gevolgd door de bezorgde blikken van zijn vader.
Peut-être le père avait-il remarqué les bonnes intentions de Gregor.
Wellicht merkte de vader Gregors goede bedoelingen op.
Parce qu'il ne l'a pas empêché de se retourner.
Omdat hij hem niet belette zich om te draaien.
Il a même utilisé le bout de son bâton pour guider la rotation.
Hij gebruikte zelfs de punt van zijn stok om de rotatie te sturen.
Mais Gregor aurait préféré que son père ne lui ait pas sifflé dessus !
Maar Gregor vond het nog steeds jammer dat zijn vader zo tegen hem had gesisd!
Le sifflement ne fit qu'ajouter à la confusion du moment.
Het gesis vergrootte de verwarring van het moment alleen maar.
Puis il a commis une erreur et a tourné dans la mauvaise direction.
En toen maakte hij een fout en sloeg de verkeerde kant op.
Finalement, il a réussi à se tourner dans la bonne direction.
Uiteindelijk lukte het hem toch om de goede kant op te kijken.

Et il était satisfait des progrès qu'il avait accomplis.

En hij was tevreden met de vooruitgang die hij had geboekt.

Mais un autre problème est alors devenu encore plus évident.

Maar toen werd het volgende probleem nog duidelijker.

Son corps était trop large pour passer facilement la porte.

Zijn lichaam was te breed om gemakkelijk door de deur te passen.

Dans son état actuel, le père ne s'en est pas aperçu.

In zijn huidige toestand merkte de vader dit niet op.

Il ne lui vint donc pas à l'esprit d'ouvrir davantage la porte.

Het kwam dus niet in hem op om de deur verder open te doen.

Il y aurait alors eu suffisamment de place pour Gregor.

Dan was er voldoende ruimte geweest voor Gregor.

Sa seule priorité était de faire entrer Gregor dans sa chambre.

Zijn enige prioriteit was om Gregor naar zijn kamer te krijgen.

Il aurait dû se lever pour passer la porte.

Hij had moeten opstaan om door de deur te passen.

Mais le père n'aurait pas permis une telle manœuvre.

Maar de vader zou zo'n manoeuvre niet hebben toegestaan.

En fait, il le sifflait encore plus sauvagement qu'avant.

Sterker nog, hij siste hem nu nog wilder toe dan voorheen.

On aurait dit qu'il y avait plus d'un homme qui lui sifflait dessus.

Het klonk alsof er meer dan één man naar hem siste.

Ses revendications semblaient revêtir une nouvelle urgence.

Zijn eisen leken ineens een nieuwe urgentie te hebben.

Il n'y avait vraiment plus de temps à perdre.

Er was nu echt geen tijd meer om te treuzelen.

Quoi qu'il arrive, Gregor devait franchir la porte.

Wat er ook gebeurde, Gregor moest door de deur heen.

Il s'est imposé sans aucun égard pour lui-même.

Hij zette door zonder enige zelfachting.

Un côté de son corps fut projeté vers le haut par le mouvement.

Door de beweging werd één kant van zijn lichaam omhooggedrukt.

Et il était allongé de travers, maladroitement, dans l'embrasure de la porte.

En hij lag onhandig en krom in de deuropening.

Un de ses flancs était à vif à cause du frottement contre le bois.

Een van zijn flanken was opengeschaafd tegen het hout.

Et il avait laissé des taches disgracieuses sur la porte peinte en blanc.

En hij had lelijke vlekken achtergelaten op de witgeschilderde deur.

Les jambes d'un de ses côtés pendaient en tremblant dans le vide.

De benen aan een van zijn zijden hingen trillend in de lucht.

Ses autres jambes étaient douloureusement enfoncées dans le sol.

Zijn andere been zat pijnlijk tegen de vloer gedrukt.

Bientôt, il allait se retrouver complètement coincé entre la porte et le mur.

Hij zou al snel volledig klem komen te zitten tussen de deur.

Et alors, il n'aurait plus pu bouger du tout.

En dan had hij zich helemaal niet meer kunnen bewegen.

Mais le père lui a donné une forte impulsion véritablement libératrice.

Maar zijn vader gaf hem een werkelijk bevrijdende, krachtige duw.

Et il tomba, ensanglanté, loin dans sa chambre.

En hij viel, hevig bloedend, diep zijn kamer in.

Le père claqua la porte derrière lui avec sa canne.

De vader sloeg de deur met zijn stok achter zich dicht.

Et puis, enfin, le calme et la tranquillité revinrent.

En toen keerde eindelijk weer wat rust en stilte terug.

Deuxième partie

Gregor ne s'est réveillé que bien plus tard dans la journée.
Gregor werd pas veel later op de dag wakker.
Le crépuscule était tombé ; il avait dormi profondément, inconsciemment.
De schemering was gevallen; hij had diep en onbewust geslapen.
Il se serait réveillé même sans avoir été dérangé.
Hij zou ook zonder verstoring wakker zijn geworden.
Parce qu'il se sentait suffisamment reposé et avait bien dormi.
Omdat hij zich voldoende uitgerust en goed geslapen voelde.
Mais il crut entendre quelques pas furtifs à l'extérieur.
Maar hij meende wat voetstappen buiten te horen.
Et quelqu'un aurait pu refermer soigneusement la porte d'entrée.
En misschien heeft iemand de voordeur zorgvuldig gesloten.
La lumière du tramway électrique se projetait faiblement au plafond.
Het zwakke licht van de elektrische tram viel op het plafond.
Le dessus du meuble a également reçu un peu de lumière.
Ook de bovenkant van het meubelstuk ving een beetje licht op.
Mais en bas, au niveau de Gregor, il faisait sombre.
Maar beneden, op de grond, op Gregors niveau, was het donker.
Ses jambes le poussèrent lentement de nouveau vers la porte.
Zijn benen duwden hem langzaam weer richting de deur.
Il était très curieux de voir ce qui s'était passé là-bas.
Hij was erg benieuwd wat daar gebeurd was.
Mais le contrôle de ses antennes n'était pas encore développé.
Maar hij kon zijn tastzin nog niet goed beheersen.
Bien qu'il ait commencé à apprécier ces nouveaux capteurs.

Hoewel hij deze nieuwe sensoren steeds meer begon te waarderen.

Une longue et disgracieuse cicatrice semblait lui barrer le flanc gauche.

Een lang, onaangenaam litteken liep over zijn linkerzij.

La cicatrice lui donnait l'impression de contracter ce côté de son corps.

Het litteken voelde alsof het die kant van zijn lichaam strakker maakte.

Il devait donc littéralement boiter en s'appuyant sur ses deux rangées de pattes.

En zo moest hij letterlijk mank lopen op zijn twee rijen benen.

L'une de ses jambes avait été grièvement blessée ce matin-là.

Een van zijn benen was die ochtend ernstig gewond geraakt.

C'était vraiment un miracle qu'il ne se soit pas cassé plus de jambes.

Het was werkelijk een wonder dat hij niet meer benen had gebroken.

Et il traîna donc sa jambe blessée, inerte, derrière lui.

En zo sleepte hij zijn gewonde been levenloos achter zich aan.

Lorsqu'il atteignit la porte, il réalisa quelque chose de profond.

Toen hij bij de deur aankwam, besefte hij iets heel ingrijpends.

C'était l'odeur de quelque chose qui l'avait attiré là.

Het was de geur van iets dat hem daarheen had gelokt.

Quelque chose de comestible avait été laissé pour Gregor dans sa chambre.

Er was iets eetbaars voor Gregor in zijn kamer achtergelaten.

Des morceaux de pain blanc flottant dans un bol de lait sucré.

Stukjes witbrood drijven in een kom zoete melk.

Il pouvait à peine contenir la joie qui l'habitait.

Hij kon zijn innerlijke vreugde nauwelijks bedwingen.

Il avait encore plus faim maintenant que le matin.

Hij had nu nog meer honger dan 's ochtends.

Il plongea aussitôt la tête dans le bol de lait.

Hij doopte onmiddellijk zijn hoofd in de kom met melk.

Le lait lui recouvrait presque toute la tête, jusqu'aux yeux.

De melk kwam bijna helemaal uit zijn hoofd, tot aan zijn ogen.

Mais il a rapidement retiré sa tête, amèrement déçu.

Maar al snel trok hij zijn hoofd terug, bitter teleurgesteld.

L'alimentation était difficile en raison de la fragilité de son côté gauche.

Eten was moeilijk vanwege zijn zwakke linkerkant.

Et il ne pouvait manger qu'en haletant de tout son corps.

En hij kon alleen eten door met zijn hele lichaam te hijgen.

Mais ce n'était pas la véritable raison de sa déception.

Maar dat was niet de werkelijke reden voor zijn teleurstelling.

Le lait avait toujours été l'un de ses plats préférés.

Melk was altijd al een van zijn favoriete gerechten geweest.

Il ne doutait pas que sa sœur s'en souvenait.

Hij twijfelde er niet aan dat zijn zus zich dit herinnerde.

Et c'est pour cela qu'elle lui avait donné du lait.

En dat was de reden waarom ze hem melk had gegeven.

Il n'a pas su expliquer pourquoi il n'aimait plus le lait.

Hij kon niet uitleggen waarom hij nu een afkeer van melk had.

Et il se détourna du bol presque à contrecœur.

En hij wendde zich bijna met tegenzin af van de kom.

Déçu, il retourna en rampant au milieu de la pièce.

Teleurgesteld kroop hij terug naar het midden van de kamer.

De là, il pouvait voir à travers la fente de la porte.

Hier kon hij door de kier in de deur kijken.

Il pouvait voir que le feu était allumé dans le salon.

Hij kon zien dat het vuur in de woonkamer brandde.

Habituellement, à cette heure-ci, le père lisait le journal.

Meestal las de vader op dit tijdstip de krant.

Il avait toujours l'habitude de lire à sa mère à voix haute.

Hij las zijn moeder altijd met verheven stem voor.

Parfois, la sœur écoutait aussi les conversations du père.

Soms luisterde de zus ook mee met de vader.

Elle avait toujours parlé à Gregor de ces lectures à voix haute.

Ze had Gregor altijd verteld over dit hardop lezen.

Mais aujourd'hui, aucun son ne provenait de la pièce.

Maar vandaag was er geen geluid uit de kamer te horen.

Peut-être cette habitude s'était-elle déjà perdue.

Wellicht was deze gewoonte al in onbruik geraakt.

Un silence profond s'était installé dans tout l'appartement.

Een diepe stilte had zich over het hele appartement verspreid.

Bien qu'il sût que l'appartement n'était certainement pas vide.

Hoewel hij wist dat het appartement zeker niet leeg stond.

« Quelle vie tranquille mène cette famille », pensa Gregor.

'Wat een rustig leven leidde die familie,' dacht Gregor.

Et il fixa l'obscurité avec une grande fierté.

En hij staarde vol trots de duisternis in.

Il était fier de la vie qu'il avait pu leur offrir.

Hij was trots op het leven dat hij hen had kunnen geven.

Il était fier du bel appartement qu'ils occupaient.

Hij was trots op het mooie appartement waarin ze woonden.

Mais cette paix était-elle sur le point de connaître une fin tragique ?

Maar stond al deze vrede op het punt een vreselijk einde te kennen?

Allait-on leur ravir leur prospérité ?

Zou hun welvaart hen worden afgenomen?

Leur bonheur était-il désormais incertain pour l'avenir ?

Was hun toekomstige tevredenheid nu onzeker?

Mais il ne voulait pas se perdre dans de telles pensées.

Maar hij wilde zich niet in zulke gedachten verliezen.

Pour s'occuper, il grimpait et descendait les murs.

Om zichzelf bezig te houden, kroop hij de muren op en neer.

Durant cette longue soirée, une porte était entrouverte.

Gedurende de lange avond stond één deur op een kier.

Et à un autre moment, l'autre porte s'ouvrit légèrement.

En op een ander moment ging de andere deur een klein beetje open.

Mais à chaque fois, les portes se sont refermées aussitôt.

Maar beide keren werden de deuren snel weer gesloten.

De toute évidence, quelqu'un à l'extérieur souhaitait entrer.

Het is duidelijk dat iemand van buitenaf de wens had om binnen te komen.

Mais ils avaient aussi trop d'inquiétudes à l'idée de venir.

Maar ze hadden ook te veel bedenkingen bij hun komst.

Gregor s'arrêta alors net devant la porte du salon.

Gregor bleef nu pal voor de deur van de woonkamer staan.

Il était déterminé à trouver un moyen de tenter le visiteur hésitant.

Hij was vastbesloten om de aarzelende bezoeker op de een of andere manier te verleiden.

Il voulait aussi savoir qui était le visiteur.

En hij wilde ook weten wie de bezoeker was geweest.

Mais ce soir-là, la porte ne fut pas ouverte une troisième fois.

Maar die avond werd de deur geen derde keer geopend.

Et Gregor passa son temps à attendre en vain près de la porte.

En Gregor bracht zijn tijd tevergeefs door met wachten bij de deur.

Plus tôt dans la journée, ils avaient tous voulu entrer dans la pièce.

Eerder die dag wilden ze allemaal de kamer in.

Maintenant que les portes étaient déverrouillées, ce serait plus facile pour eux.

Nu de deuren open waren, zou het voor hen gemakkelijker zijn.

Mais ils ont choisi de rester de l'autre côté de la pièce.

Maar ze kozen ervoor om aan de andere kant van de kamer te blijven.

Gregor remarqua que les clés n'étaient plus dans leurs serrures.

Gregor merkte dat de sleutels niet meer in de sloten zaten.

Quelqu'un a dû déplacer les clés vers la serrure extérieure.

Iemand moet de sleutels naar het buitenslot hebben verplaatst.

Ce n'est que tard dans la nuit que la lumière du salon était éteinte.

Pas laat in de avond werd het licht in de woonkamer uitgedaan.

La famille a dû rester éveillée tout ce temps.
Het gezin moet de hele tijd wakker zijn gebleven.
Et Gregor pouvait clairement les entendre s'éloigner sur la pointe des pieds.
En Gregor kon duidelijk horen hoe ze op hun tenen wegslopen.
Désormais, personne n'allait venir voir Gregor avant le lendemain matin.
Niemand zou tot de volgende ochtend naar Gregor komen.
Il eut donc tout le temps d'être seul, de réfléchir en toute tranquillité.
Hij had dus ruim de tijd voor zichzelf, om ongestoord na te denken.
Quelle serait la meilleure façon de réorganiser sa vie maintenant ?
Wat zou de beste manier zijn om zijn leven nu opnieuw in te richten?
Mais les hauts murs de la pièce vide l'effrayaient.
Maar de hoge muren van de lege kamer boezemden hem angst in.
Il n'avait pas d'autre choix que de s'allonger à plat ventre sur le sol.
Hij had geen andere keus dan zich plat op de grond te laten vallen.
Et il n'a jamais trouvé la cause de sa peur dans cet espace.
En hij vond de oorzaak van zijn angst nooit in die ruimte.
C'était la même pièce où il avait vécu pendant cinq ans.
Het was dezelfde kamer waar hij al vijf jaar woonde.
Semi-consciemment, il fit un mouvement vers le canapé.
Halfbewust maakte hij een beweging richting de bank.
Et sans aucune honte, il se cacha sous le canapé.
En zonder enige schaamte verstopte hij zich onder de bank.
Là-bas, il se sentit immédiatement de nouveau très à l'aise.
Daar beneden voelde hij zich meteen weer helemaal op zijn gemak.
Bien que son dos soit un peu comprimé.
Ondanks het feit dat zijn rug een beetje bekneld zat.

Il ne pouvait plus non plus lever la tête sous le canapé.
Hij kon zijn hoofd ook niet meer onder de bank uitsteken.
Mais même cela, il préférait éviter de se trouver dans un espace ouvert.
Maar zelfs dat verkoos hij boven een open gebied.
Il regrettait toutefois que son corps soit si large.
Hij vond het echter wel jammer dat zijn lichaam zo breed was.
Le canapé ne pouvait pas recouvrir entièrement son corps.
De bank kon zijn hele lichaam niet volledig bedekken.
Il est resté sous le canapé toute la nuit.
Hij bleef de hele nacht onder de bank liggen.
Il passa la nuit à moitié endormi, troublé par sa faim.
De nacht bracht hij halfslapend door, gestoord door zijn honger.
Et le temps qu'il passait éveillé, il le consacrait soit à s'inquiéter, soit à espérer.
En de tijd dat hij wakker was, bracht hij door met piekeren of met hoop.
Mais tous ses vagues espoirs menaient à la même conclusion.
Maar al zijn vage hoop leidde tot dezelfde conclusie.
Il n'avait d'autre choix que de rester silencieux pour le moment.
Hij had geen andere keus dan voorlopig te zwijgen.
Il devait faire preuve de patience et de considération envers la famille.
Hij moest geduld en begrip tonen voor het gezin.
C'était le seul moyen de rendre ce désagrément supportable.
Het was de enige manier om het ongemak draaglijk te maken.
Le désagrément qu'il imposait désormais à la famille.
Het ongemak dat hij het gezin nu oplegde.
Il n'a pas eu à attendre longtemps pour prouver sa compassion.
Hij hoefde niet lang te wachten om zijn medeleven te bewijzen.
Tôt le matin, sa sœur jeta un coup d'œil dans sa chambre.
's Ochtends vroeg keek de zus in zijn kamer.

En réalité, c'était autant la nuit que le matin.

Hoewel het in werkelijkheid net zo goed nacht als ochtend
was.

**Elle était entièrement habillée et semblait éprouver de
l'excitation.**

Ze was volledig aangekleed en leek opgewonden.

**La solidité de sa décision nouvellement prise pourrait être
mise à l'épreuve.**

De geldigheid van zijn nieuwe beslissing zou op de proef
gesteld kunnen worden.

Elle ne l'a pas immédiatement repéré au premier coup d'œil.

Ze zag hem niet meteen bij de eerste blik.

**Il devait forcément être quelque part ; il n'aurait pas pu
s'envoler.**

Hij moest ergens zijn; hij kon niet weggevlogen zijn.

Puis son regard parcourut une seconde fois la pièce.

Maar toen liet ze haar blik nog een keer over de kamer glijden.

Et cette fois, elle a aperçu son torse sous le canapé.

En dit keer zag ze zijn torso onder de bank.

**Elle était si effrayée qu'elle a perdu tout contrôle d'elle-
même.**

Ze was zo bang dat ze alle zelfbeheersing verloor.

Et sa première réaction fut de claquer la porte à nouveau.

Haar eerste reactie was om de deur weer dicht te slaan.

**Mais elle a aussi semblé immédiatement regretter son
comportement.**

Maar ze leek ook meteen spijt te hebben van haar gedrag.

Aussitôt qu'elle eut claqué la porte, elle la rouvrit.

Zodra ze de deur had dichtgeslagen, opende ze die meteen
weer.

Et cette fois, elle entra dans la pièce sur la pointe des pieds.

En dit keer sloop ze voorzichtig de kamer binnen.

**Elle se déplaçait comme si elle rendait visite à une personne
gravement malade.**

Ze bewoog zich alsof ze een ernstig zieke bezocht.

Ou bien elle rendait visite à un parfait inconnu.

Of ze was misschien op bezoek bij een volstrekt onbekende.

Gregor poussa sa tête presque jusqu'au bord du canapé.
Gregor drukte zijn hoofd bijna tegen de rand van de bank.
Et, caché sous le coffre-fort, il l'observait dans la pièce.
En vanonder de kluis hield hij haar in de kamer in de gaten.
Allait-elle remarquer qu'il avait oublié le lait ?
Zou ze merken dat hij de melk had laten staan?
Il n'avait pas laissé le lait par manque de faim.
Hij had de melk niet laten staan omdat hij geen honger had.
Allait-elle lui apporter un autre plat ?
Zou ze hem in plaats daarvan ander eten brengen?
Peut-être un plat qui corresponde mieux à ses goûts.
Misschien een gerecht dat beter bij zijn voorkeuren paste.
Mais elle aurait dû remarquer elle-même son appétit.
Maar ze had zijn eetlust zelf moeten opmerken.
Il aurait préféré mourir de faim plutôt que de lui en parler.
Hij had liever verhongerd dan haar erachter te laten komen.
En réalité, il aurait beaucoup aimé le lui dire.
Eigenlijk had hij het haar heel graag willen vertellen.
Il était vraiment tenté de tirer sur lui depuis sous le canapé.
Hij had echt de neiging om onder de bank vandaan te
schieten.
Il avait envie de se jeter aux pieds de sa sœur.
Hij wilde zich aan de voeten van zijn zus neerwerpen.
Et il voulait lui demander quelque chose de bon à manger.
En hij wilde haar vragen of ze iets lekkers te eten wilde.
Mais la sœur regarda alors le bol de lait.
Maar toen keek de zus naar de kom met melk.
Elle remarqua aussitôt que le bol était encore plein.
Ze merkte meteen dat de kom nog vol was.
Elle était plutôt surprise que Gregor n'ait rien mangé.
Ze was nogal verbaasd dat Gregor niets gegeten had.
Seul un peu de lait avait été renversé sur le sol.
Er was slechts een klein beetje melk op de vloer gemorst.
Elle a aussitôt ramassé le bol et l'a emporté.
Ze pakte de kom meteen op en droeg hem naar buiten.
Il vit qu'elle ne ramassait pas le bol à mains nues.
Hij zag dat ze de kom niet met haar blote handen oppakte.

Au lieu de cela, elle ramassa le bol à l'aide d'un des chiffons.
In plaats daarvan pakte ze de kom op met een van de doeken.
Mais Gregor oublia très vite ce petit détail.
Maar Gregor vergat dit kleine detail al snel.
Il était désormais beaucoup plus enthousiaste à propos d'autre chose.
Hij was nu veel enthousiaster over iets anders.
Qu'est-ce qu'elle pourrait apporter à la place du lait ?
Wat zou ze in plaats van de melk kunnen meenemen?
Il avait diverses idées sur ce qu'elle pourrait apporter.
Hij had allerlei ideeën over wat ze zou kunnen meebrengen.
Mais la gentillesse de sa sœur a dépassé ses espérances.
Maar de vriendelijkheid van zijn zus overtrof zijn verwachtingen.
Elle comprit qu'elle devait tester ses nouveaux goûts.
Ze besefte dat ze moest uitproberen wat zijn nieuwe smaak was.
Elle a donc apporté toute une sélection de plats différents.
Ze bracht dus een hele reeks verschillende soorten eten mee.
Légumes à moitié pourris, os du repas du soir.
Halfverrotte groenten, botten van de avondmaaltijd.
De la sauce solidifiée provenant de leur autre repas.
Gestolde saus van de andere maaltijd die ze hadden gegeten.
Quelques raisins secs, des amandes, du pain sec, du pain beurré.
Een paar rozijnen, wat amandelen, droog brood, boterbrood.
Du pain beurré et salé.
Een stuk brood dat met boter en zout was besmeerd.
Du fromage que Gregor avait déclaré immangeable il y a deux jours.
Kaas die Gregor twee dagen geleden oneetbaar had verklaard.
Toute cette sélection de nourriture était disposée sur un journal.
Al deze voedselproducten werden op een krant uitgestald.
Elle a également placé un bol d'eau à côté de ses repas.
En ze zette ook een kom water naast zijn maaltijden.
Elle savait que Gregor n'aurait pas mangé devant elle.

Ze wist dat Gregor niet in haar bijzijn zou eten.

Par respect pour lui, elle quitta de nouveau la pièce.

Uit respect voor hem verliet ze de kamer dus weer.

Et elle a même tourné la clé dans la serrure en partant.

En ze draaide zelfs de sleutel in het slot om toen ze wegging.

Mais elle tourna la clé très doucement et avec précaution.

Maar ze draaide de sleutel heel stil en voorzichtig om.

De cette façon, seul Gregor saurait que la porte était verrouillée.

Op deze manier zou alleen Gregor weten dat de deur op slot zat.

Il pouvait désormais s'installer aussi confortablement qu'il le souhaitait.

Nu kon hij het zich zo comfortabel maken als hij wilde.

Les jambes de Gregor s'agitaient frénétiquement à l'heure du repas.

Gregors benen zoemden in het rond toen het tijd was om te eten.

Il est à noter qu'il ne ressentait plus aucune gêne.

Het is vermeldenswaard dat hij geen ongemak meer ondervond.

Ses blessures doivent déjà être complètement guéries.

Zijn wonden moeten inmiddels al volledig genezen zijn.

Parce qu'il ne ressentait plus ses anciens handicaps.

Omdat hij zijn eerdere beperkingen niet meer voelde.

Sa nouvelle capacité de guérison le surprit et l'émerveilla.

Zijn nieuwe vermogen om te genezen verraste en verbaasde hem.

Il y a plus d'un mois, il s'est coupé le doigt avec un couteau.

Ruim een maand geleden sneed hij zich met een mes in zijn vinger.

Il y a encore deux jours, cette blessure le faisait souffrir.

Tot twee dagen geleden deed die wond hem nog steeds pijn.

« Suis-je beaucoup moins sensible maintenant ? » pensa-t-il.

'Ben ik nu veel minder gevoelig?' dacht hij bij zichzelf.

À ce moment-là, il suçait déjà goulûment le fromage.

Inmiddels zoog hij al gretig aan de kaas.

Il était plus attiré par le fromage que par les autres aliments.
Hij voelde zich meer aangetrokken tot de kaas dan tot de
andere gerechten.
**Il mangeait rapidement un morceau de fromage après
l'autre.**
Hij at snel het ene stuk kaas na het andere op.
Ses yeux s'embuèrent de satisfaction à la vue de ce goût.
Zijn ogen vulden zich met tranen van genot bij de smaak
ervan.
Après le fromage, il mangea les légumes et la sauce.
Na de kaas at hij de groenten en de saus.
Cependant, les aliments frais ne lui plaisaient pas.
Het verse voedsel smaakte hem echter niet goed.
En fait, il ne supportait même pas l'odeur des aliments frais.
Hij kon zelfs de geur van vers voedsel niet verdragen.
Il a même éloigné les autres aliments des aliments frais.
Hij sleepte zelfs het andere eten weg van het verse eten.
Et il a très vite terminé la nourriture la plus comestible.
En al snel had hij het lekkerste eten op.
Tous ces mets délicieux avaient un effet soporifique sur lui.
Al dat heerlijke eten had een verdovend effect op hem.
Et il s'allongea paresseusement à l'endroit où il avait mangé.
En hij lag loom op de plek waar hij gegeten had.
Finalement, sa sœur est revenue prendre de ses nouvelles.
Uiteindelijk kwam zijn zus weer even kijken hoe het met hem
ging.
Elle a eu la prévoyance de tourner la clé très lentement.
Ze had de vooruitziende blik om de sleutel heel langzaam om
te draaien.
Cela a averti Gregor qu'il devait se retirer.
Dit gaf Gregor de waarschuwing dat hij zich moest
terugtrekken.
Étourdi et surpris, il se précipita sous le canapé.
Verward en geschrokken kroop hij snel terug onder de bank.
Mais rester sous le canapé n'était pas si facile cette fois-ci.
Maar onder de bank blijven was dit keer niet zo makkelijk.

Son corps s'était un peu arrondi à cause de toute cette nourriture.
Zijn lichaam was door al het eten wat ronder geworden.
Et il devait se retenir pour ne pas s'épuiser à nouveau.
En hij moest zich inhouden om niet weer naar buiten te rennen.
Même si la sœur n'est pas restée longtemps dans la chambre.
Hoewel de zus niet lang in de kamer bleef.
Il avait du mal à respirer dans cet espace étroit.
Hij had moeite met ademhalen in die krappe ruimte.
Mais il a surmonté ces petites crises d'étouffement.
Maar hij doorstond de korte momenten van verstikking.
Les yeux exorbités, il observait les agissements de sa sœur.
Met wijd opengesperde ogen observeerde hij de bezigheden van zijn zus.
La sœur, sans se douter de rien, a tout versé dans un seau.
De nietsvermoedende zus goot alles in een emmer.
Elle s'est non seulement débarrassée de la nourriture que Gregor n'avait pas mangée, mais elle l'a fait.
Ze gooide niet alleen het eten weg dat Gregor niet had opgegeten.
Mais elle jetait aussi la nourriture qu'il n'avait pas touchée.
Maar ze gooide ook het eten weg dat hij niet had aangeraakt.
Apparemment, cet aliment n'était plus comestible pour personne.
Blijkbaar was dat voedsel nu voor niemand meer eetbaar.
Elle referma ensuite le seau à nourriture avec un couvercle en bois.
Vervolgens sloot ze de emmer met voedsel af met een houten deksel.
Et avec la nourriture, le seau et la serpillière, elle est partie.
En met het eten, de emmer en de dweil vertrok ze.
Gregor n'aurait pas pu attendre beaucoup plus longtemps.
Gregor had niet veel langer kunnen wachten.
Dès qu'elle fut partie, il s'échappa de sous le canapé.
Zodra ze weg was, glipte hij onder de bank vandaan.
Il s'étira et souffla de soulagement.

En hij strekte zich uit en haalde opgelucht adem.

C'est ainsi que Gregor recevait de la nourriture de temps à autre.

Zo kwam Gregor zo nu en dan aan voedsel.

Sa sœur lui a donné à manger une fois, tôt le matin.

Zijn zus gaf hem 's ochtends vroeg een keer wat te eten.

À cette heure-ci, les parents et la bonne dormaient encore.

Op dat uur sliepen de ouders en de dienstmeid nog.

Et il a reçu un deuxième repas après le déjeuner de tout le monde.

En hij kreeg een tweede maaltijd nadat iedereen had geluncht.

Car à ce moment-là, les parents dormaient aussi un peu.

Omdat de ouders op dat moment ook even sliepen.

Et la servante fut envoyée par la sœur faire une course.

En de dienstmeid werd door de zus op een boodschap gestuurd.

Ils n'avaient certainement aucune intention de laisser Gregor mourir de faim.

Ze waren absoluut niet van plan Gregor te laten verhongeren.

Mais ils n'auraient pas voulu le regarder manger non plus.

Maar ze zouden hem ook niet graag hebben zien eten.

Les informations fournies par la sœur étaient suffisantes.

Wat de zus vertelde, was voldoende informatie.

C'était peut-être sa façon d'épargner aux parents leur chagrin.

Misschien wilde ze de ouders op die manier verdriet besparen.

Ils avaient déjà suffisamment souffert de ses actes.

Ze hadden al genoeg geleden onder zijn daden.

Le premier jour s'estompait peu à peu dans les mémoires.

De eerste dag werd langzaam een vage herinnering.

Gregor n'avait aucun moyen de savoir ce qui s'était passé ce jour-là.

Gregor had geen idee wat er die dag gebeurd was.

Comment le serrurier a-t-il été conduit hors de l'appartement ?

Hoe werd de slotenmaker uit het appartement geleid?

Quelles excuses ont finalement satisfait le médecin ?

Met welke excuses was de dokter uiteindelijk tevreden?

Il n'avait trouvé aucun moyen de se faire comprendre.

Hij had geen manier gevonden om zich verstaanbaar te maken.

Il n'a même pas réussi à communiquer avec sa sœur.

Hij slaagde er zelfs niet in om met zijn zus te communiceren.

Ils en conclurent donc qu'il ne pouvait pas les comprendre.

En daarom dachten ze dat hij hen niet kon verstaan.

C'est pourquoi aucun effort ne fut fait pour lui parler.

En daarom werd er geen poging gedaan om met hem te spreken.

Sa sœur venait dans sa chambre tous les matins et à midi.

Zijn zus kwam elke ochtend en elke middag zijn kamer binnen.

Mais il devait se contenter d'entendre ses soupirs.

Maar hij moest zich tevredenstellen met het horen van haar zuchten.

Plus tard, elle s'est un peu plus habituée à la forme de Gregor.

Later raakte ze wel wat meer gewend aan Gregors houding.

Et elle se sentait un peu plus libre de faire davantage de remarques.

En ze voelde zich iets vrijer om meer opmerkingen te maken.

(Même si elle ne s'y habituerait jamais complètement.)

(Hoewel ze nooit helemaal aan hem zou wennen.)

Et puis Gregor eut de nouveau l'impression qu'on lui parlait un peu plus.

En toen voelde Gregor zich weer wat meer aangesproken.

Et il a perçu ce qu'il considérait comme des commentaires amicaux.

En hij ving opmerkingen op die hij als vriendelijk beschouwde.

"Il a apprécié son repas aujourd'hui", ou "il a tout mangé".

"Hij heeft vandaag van zijn eten genoten," of "hij heeft alles opgegeten."

Mais cela n'arrivait que lorsqu'il avait fini de manger.
Maar dat was pas nadat hij al zijn eten had opgegeten.
Mais récemment, cela devenait de plus en plus rare.
Maar de laatste tijd kwam dit steeds minder vaak voor.
« Il touchait à peine à sa nourriture », disait-elle plus souvent maintenant.
"Hij raakte zijn eten nauwelijks aan," zei ze nu vaker.
Et il y avait une pointe de tristesse dans sa voix à chaque fois.
En elke keer klonk er een vleugje verdriet in haar stem.
Gregor ne pouvait entendre aucune autre nouvelle plus directement.
Gregor kon geen ander nieuws zo direct horen.
Mais il a entendu beaucoup de choses se dire dans les pièces voisines.
Maar hij ving wel veel nieuws op uit de aangrenzende kamers.
Lorsqu'il a entendu des voix, il a couru vers la porte correspondante.
Toen hij stemmen hoorde, rende hij naar de bijbehorende deur.
Et il a plaqué tout son corps contre la porte pour entendre.
En hij drukte zich met zijn hele lichaam tegen de deur om te kunnen horen.
Toutes les conversations le concernaient d'une manière ou d'une autre.
Alle gesprekken gingen op de een of andere manier over hem.
Même lorsque le sujet semblait porter sur autre chose.
Zelfs wanneer het onderwerp ogenschijnlijk over iets anders ging.
Cette observation était particulièrement vraie au début.
Deze constatering gold met name in de beginperiode.
À chaque repas, ils répétaient la même discussion.
Tijdens elke maaltijd herhaalden ze hetzelfde gesprek.
Ils ne savaient toujours pas comment se comporter en sa présence.
Ze wisten nog steeds niet goed hoe ze zich rondom hem moesten gedragen.

Mais le même sujet a également été abordé entre les repas.
Maar hetzelfde onderwerp werd ook tussen de maaltijden door besproken.
Parce qu'il y avait toujours deux membres de la famille à la maison.
Omdat er altijd twee gezinsleden thuis waren.
Personne ne voulait rester seul à la maison.
Niemand wilde alleen in huis blijven.
Mais laisser l'appartement vide était également hors de question.
Maar het was ook uitgesloten om het appartement leeg te laten staan.
La femme de ménage était la seule à ne pas être attachée à l'appartement.
De dienstmeid was de enige die niet aan het appartement gebonden was.
Elle avait déjà demandé à partir dès le premier jour.
Ze had al op de eerste dag gevraagd om te mogen vertrekken.
Elle s'est agenouillée et a supplié qu'on la renvoie.
Ze knielde neer en smeekte om ontslagen te worden.
La famille ignorait l'étendue des connaissances de la bonne.
De familie wist niet hoeveel de dienstmeid eigenlijk wist.
À ce stade, elle n'en avait pas vu plus que quiconque.
Op dat moment had ze nog niet meer gezien dan wie dan ook.
Ce qui s'était passé restait un mystère pour la famille.
Wat er precies gebeurd was, bleef voor de familie een raadsel.
Mais un quart d'heure plus tard, elle fit ses adieux.
Maar een kwartier later nam ze afscheid.
Et elle a remercié la famille, les larmes aux yeux.
En ze bedankte de familie met tranen in haar ogen.
Mais en réalité, elle les remerciait de l'avoir libérée.
Maar eigenlijk bedankte ze hen dat ze haar hadden vrijgelaten.
Ils semblaient lui avoir témoigné la plus grande bienveillance.
Ze leken haar buitengewoon vriendelijk te zijn geweest.
Elle a même prêté serment, sans qu'on le lui demande.

Ze legde zelfs een eed af, zonder dat haar daarom gevraagd werd.

Elle a dit qu'elle ne dirait à personne ce qui s'était passé.

Ze zei dat ze niemand zou vertellen wat er was gebeurd.

Désormais, la sœur devait cuisiner avec sa mère.

Nu moest de zus samen met haar moeder koken.

Mais ce n'était pas vraiment un inconvénient majeur.

Maar dit was eigenlijk niet zo'n groot ongemak.

Parce que de toute façon, ils n'avaient presque rien mangé tous les deux.

Omdat ze allebei toch bijna niets aten.

Gregor surprenait sans cesse la même conversation.

Steeds weer ving Gregor hetzelfde gesprek op.

L'un disait à l'autre qu'il devait manger davantage.

De een zei tegen de ander dat ze meer moesten eten.

Mais cette personne n'a reçu aucune réponse de son interlocuteur.

Maar die persoon kreeg geen antwoord van die persoon.

« Merci, j'en ai assez », ou quelque chose de similaire.

"Dank u wel, ik heb genoeg", of iets dergelijks.

Peut-être qu'eux non plus ne buvaient plus rien.

Misschien dronken ze ook helemaal niets meer.

Sa sœur demandait souvent à son père s'il voulait de la bière.

De zus vroeg haar vader vaak of hij bier wilde.

Et elle a proposé chaleureusement d'aller chercher la bière elle-même.

En ze bood hartelijk aan om zelf het bier te halen.

Le père gardait toujours le silence à sa demande.

De vader zweeg altijd op haar verzoek.

La sœur devait donc trouver un moyen de dissiper tout doute.

De zus moest dus een manier vinden om alle twijfel weg te nemen.

Et elle a dit qu'elle enverrait la bonne chercher de la bière.

En ze zei dat ze de dienstmeid zou sturen om bier te halen.

Mais finalement, le père a dit un grand « non » retentissant.

Maar toen zei de vader uiteindelijk luid en duidelijk: "nee".
Puis, on n'a plus évoqué le fait qu'il boive une bière.
Het onderwerp van het feit dat hij een biertje had gedronken,
werd vervolgens niet meer ter sprake gebracht.
Il avait déjà expliqué la situation financière auparavant.
Hij had de financiële situatie al eerder uitgelegd.
En fait, il a évoqué les finances dès le premier jour.
Sterker nog, hij sprak al op de eerste dag over financiën.
**Il leur a bien fait comprendre quelles étaient les
perspectives.**
Hij maakte hen terdege bewust van de vooruitzichten.
Sa propre entreprise avait fait faillite il y a environ cinq ans.
Zijn eigen bedrijf was zo'n vijf jaar geleden failliet gegaan.
De temps en temps, il se levait pour quitter la table.
Zo nu en dan stond hij op om van tafel te gaan.
Et il se dirigea vers la caisse de son ancien commerce.
En hij liep naar de kassa van zijn oude zaak.
Il avait conservé la caisse enregistreuse par sentimentalisme.
Hij had de kassa uit sentimentele overwegingen bewaard.
**Gregor l'entendit déverrouiller une serrure lourde et
complexe.**
Gregor hoorde hem een zwaar en ingewikkeld slot
openmaken.
Et il sortit des reçus et des livres de comptes de la caisse.
En hij haalde bonnetjes en boekjes uit de kassalade.
Après avoir pris les objets, il a refermé la caisse à clé.
Nadat hij de spullen had meegenomen, deed hij de geldkist
weer op slot.
**Gregor n'avait entendu aucune bonne nouvelle depuis son
emprisonnement.**
Gregor had sinds zijn gevangenschap geen enkel goed nieuws
vernomen.
Il pensait que l'entreprise avait ruiné son père.
Hij dacht dat het bedrijf zijn vader failliet had gemaakt.
Le père avait certainement donné cette impression à Gregor.
De vader had Gregor die indruk zeker gegeven.

Et Gregor ne lui a plus jamais posé de questions sur les finances.

En Gregor heeft hem nooit meer vragen gesteld over de financiën.

Gregor voulait faire tout son possible pour aider la famille.

Gregor wilde er alles aan doen om het gezin te helpen.

Il voulait les aider à oublier leurs difficultés financières.

Hij wilde hen helpen de zakelijke tegenslag te vergeten.

La faillite qui a engendré un désespoir total.

Het faillissement dat leidde tot volkomen hopeloosheid.

Il s'est donc mis à travailler avec une passion toute particulière.

Hij begon daarom met een bijzondere passie aan zijn werk.

Il était devenu représentant de commerce itinérant presque du jour au lendemain.

Hij was vrijwel van de ene op de andere dag reizend verkoper geworden.

Avant cela, il n'avait travaillé que comme commis mal payé.

Daarvoor had hij gewerkt als een laagbetaalde klerk.

Il avait désormais des opportunités de gains complètement différentes.

Nu had hij compleet andere verdienmogelijkheden.

Les ventes réussies pouvaient être immédiatement converties en liquidités.

Succesvolle verkopen kunnen direct in contanten worden omgezet.

L'argent étant bien sûr versé sur ses commissions.

Het geld wordt uiteraard uitbetaald uit zijn commissies.

Désormais, Gregor pouvait mettre de l'argent sur la table familiale.

Nu kon Gregor geld op tafel leggen voor het gezin.

Et ils étaient étonnés et ravis de ses gains.

En ze waren verbaasd en blij met zijn inkomsten.

Mais ces beaux moments ne se reproduiront plus.

Maar die mooie tijden zullen zich niet herhalen.

Ils commençaient tout juste à s'habituer à cette période faste.

Ze waren net gewend geraakt aan deze fijne tijden.

À chaque paie, la famille acceptait l'argent avec gratitude.

Elke keer dat het salaris werd uitbetaald, nam het gezin het geld dankbaar in ontvangst.

Et Gregor était tout aussi heureux de remettre l'argent.

En Gregor was al even blij om het geld te overhandigen.

Mais la chaleureuse affection qu'elle suscitait en retour s'est peu à peu éteinte.

Maar de warme genegenheid die daarvoor in ruil werd gegeven, verdween langzaam.

Seule sa sœur restait aussi proche de Gregor qu'auparavant.

Alleen zijn zus bleef net zo close met Gregor als voorheen.

Elle, contrairement à Gregor, avait une profonde appréciation pour la musique.

Zij had, in tegenstelling tot Gregor, een grote waardering voor muziek.

Et elle savait jouer du violon d'une manière très touchante.

En ze kon op een zeer ontroerende manier vioolspelen.

Gregor avait secrètement prévu de l'envoyer dans une école de musique.

Gregor had in het geheim plannen gemaakt om haar naar een muziekschool te sturen.

Il n'avait pas encore décidé comment il réglerait les dépenses.

Hij had nog niet besloten hoe hij de kosten zou betalen.

Mais d'une manière ou d'une autre, il couvrirait les frais.

Maar op de een of andere manier zou hij de kosten wel dekken.

De temps en temps, Gregor et sa famille partaient en courts séjours.

Zo nu en dan maakten Gregor en zijn gezin korte uitstapjes.

Gregor et sa sœur abordaient souvent ce sujet.

Gregor en zijn zus brachten het onderwerp vaak ter sprake.

Mais cela n'a jamais été évoqué que comme une idée merveilleuse.

Maar het werd altijd alleen maar genoemd als een fantastisch idee.

Ils ne croyaient pas vraiment que ce rêve puisse se réaliser.

Ze geloofden eigenlijk niet dat de droom werkelijkheid kon worden.

Et les parents n'appréciaient pas de telles ambitions fantaisistes.

En de ouders waren niet gecharmeerd van zulke vergezochte ambities.

Même lorsque le sujet a été abordé de manière tout à fait innocente.

Zelfs toen het onderwerp op een heel onschuldige manier ter sprake kwam.

Mais Gregor continuait de penser à l'école de musique.

Maar Gregor bleef aan de muziekschool denken.

Et il prévoyait d'annoncer le cadeau la veille de Noël.

En hij was van plan het cadeau op kerstavond bekend te maken.

Bien sûr, dans son état actuel, ce serait impossible.

In zijn huidige toestand zou dat natuurlijk onmogelijk zijn.

Mais ce genre de pensées lui traversait l'esprit.

Maar zulke gedachten spookten wel door zijn hoofd.

Et telles étaient les pensées qui lui traversaient l'esprit en écoutant sa famille.

En die gedachten kwamen bij hem op terwijl hij naar de familie luisterde.

Parfois, il était trop fatigué pour continuer à les écouter.

Soms werd hij te moe om nog langer naar hen te luisteren.

Sa tête s'est affaissée contre la porte, rongée par la fatigue.

Hij liet zijn hoofd vermoeid tegen de deur zakken.

Mais il appuya aussitôt de nouveau sa tête contre la porte.

Maar hij drukte onmiddellijk zijn hoofd weer tegen de deur.

Car même le moindre bruit s'entendait à l'extérieur.

Want zelfs het kleinste geluidje was buiten te horen.

Et le moindre bruit qu'il faisait plongeait la famille dans le silence.

En elk geluid dat hij maakte, deed het gezin verstommen.

« Que fait-il maintenant ? » demanda le père à sa famille.

'Wat doet hij nu?' vroeg de vader aan het gezin.

Il alla à la porte pour vérifier d'où venait le bruit.

En hij ging naar de deur om te kijken wat het lawaai was.

Puis la conversation interrompue a repris progressivement.

En vervolgens werd het onderbroken gesprek geleidelijk hervat.

Mais les paroles du père ont agréablement surpris tout le monde.

Maar wat de vader zei, verraste iedereen ten zeerste.

Gregor apprit alors la véritable situation financière.

Gregor kwam nu achter de ware stand van zaken met betrekking tot de financiën.

Malgré tous ces malheurs, il y a eu aussi un peu de chance.

Ondanks alle tegenslagen was er ook enig geluk.

Une petite fortune d'antan était encore là.

Er was nog een klein fortuintje uit de oude tijd overgebleven.

Le père a expliqué les choses, mais a dû se répéter.

De vader legde de zaken uit, maar moest zichzelf herhalen.

Parce qu'il ne s'était pas occupé de ces choses depuis un certain temps.

Omdat hij zich al een tijdje niet meer met deze zaken had beziggehouden.

Et parce que la mère ne comprenait pas de telles choses.

En omdat de moeder dat soort dingen niet begreep.

Les taux d'intérêt de la banque avaient légèrement augmenté.

De rente van de bank was iets gestegen.

L'argent non utilisé avait augmenté plus que prévu.

Het onaangeroerde geld was meer toegenomen dan verwacht.

De plus, Gregor leur avait toujours donné ses économies.

Bovendien gaf Gregor hen altijd zijn spaargeld.

Il n'avait jamais gardé que quelques florins pour lui-même.

Hij had altijd maar een paar gulden voor zichzelf gehouden.

Et son argent n'avait pas été entièrement dépensé.

En zijn geld was ook nog niet helemaal op.

Ensemble, ces sommes avaient constitué un petit capital.

Dit geld had zich inmiddels opgestapeld tot een klein kapitaal.

Gregor, derrière sa porte, hocha la tête avec enthousiasme à la nouvelle.

Gregor, die achter zijn deur stond, knikte gretig bij het horen van het nieuws.

Il était ravi de cette prudence et de cette frugalité inattendues.

Hij was verheugd over deze onverwachte voorzichtigheid en zuinigheid.

Les fonds excédentaires auraient pu servir à rembourser la dette.

De overtollige middelen hadden gebruikt kunnen worden om de schuld af te lossen.

Ils n'auraient alors plus rien dû au patron.

Dan zouden ze de baas niets meer verschuldigd zijn geweest.

Et Gregor aurait pu changer d'emploi bien plus tôt.

En Gregor had veel eerder een nieuwe baan kunnen vinden.

Mais la façon dont le père s'y était pris était bien meilleure maintenant.

Maar de manier waarop de vader het had geregeld, was nu veel beter.

L'argent ne suffisait pas tout à fait pour vivre des intérêts.

Het geld was net niet genoeg om van de rente te leven.

Et il a fallu mettre de l'argent de côté pour les urgences.

En er moest ook geld opzijgezet worden voor noodgevallen.

Cela n'aurait suffi que pour un an ou deux.

Dat zou slechts genoeg geld zijn geweest voor een jaar of twee.

Cela signifiait que quelqu'un devait gagner de l'argent pour qu'ils puissent vivre.

Dit betekende dat iemand geld moest verdienen om hen van te laten leven.

Le père n'était pas malade et il était assez fort.

De vader was niet ongezond en hij was sterk genoeg.

Mais il était sans emploi depuis plus de cinq ans.

Maar hij was al meer dan vijf jaar werkloos.

Et, du fait de son âge, il lui restait peu de confiance en lui.

En door zijn leeftijd had hij nog maar weinig zelfvertrouwen over.

Il avait également pris beaucoup de poids ces derniers temps.

Hij was de laatste tijd ook flink aangekomen.
Sa vie avait toujours été ardue et infructueuse.
Zijn leven was altijd zwaar en onsuccesvol geweest.
Et c'étaient les premières vacances qu'il ait jamais prises.
En dit was de eerste vakantie die hij ooit had gehad.
Et, faute d'être occupé, il était devenu assez maladroit.
En doordat hij niet bezig werd gehouden, was hij behoorlijk onhandig geworden.
Ne serait-il pas préférable que la vieille mère gagne l'argent ?
Zou het niet beter zijn als de oude moeder het geld zelf verdiende?
La vieille mère qui souffrait d'asthme.
De oude moeder die aan astma leed.
La vieille mère qui peinait à monter les escaliers.
De oude moeder die moeite had om de trap op te lopen.
La vieille mère qui passait son temps allongée sur le canapé.
De oude moeder die haar tijd doorbracht liggend op de bank.
La vieille mère qui préférait rester près de la fenêtre.
De oude moeder die het liefst bij het raam bleef zitten.
Pour qu'elle puisse reprendre son souffle quand elle en aurait besoin.
Zodat ze op adem kon komen wanneer dat nodig was.
Ne serait-il pas préférable que ce soit la jeune sœur qui gagne l'argent ?
Zou het niet beter zijn als de jongere zus het geld verdiende?
La sœur, qui à dix-sept ans n'était encore qu'une enfant.
De zus, die op zeventienjarige leeftijd nog maar een kind was.
La sœur qui ne connaissait que quelques modestes plaisirs.
De zus die slechts een paar bescheiden genoegens kende.
La sœur qui aimait surtout jouer du violon.
De zus die vooral graag viool speelde.
Elle savait que son mode de vie antérieur était très enviable ;
Ze wist dat haar vroegere levensstijl zeer benijdenswaardig was;
Bien s'habiller, faire la grasse matinée, aider à la maison.
Je netjes aankleden, laat opstaan en meehelpen in huis.

La conversation tournait souvent autour de la nécessité de gagner de l'argent.
Het gesprek ging vaak over de noodzaak om geld te verdienen.
Gregor était toujours le premier à lâcher la porte.
Gregor was altijd de eerste die de deur losliet.
Cette conversation l'avait rempli de honte et de chagrin.
Het gesprek vervulde hem met schaamte en verdriet.
Il se laissa donc tomber sur le canapé en cuir qui refroidissait.
Dus liet hij zich neervallen op de verkoelende leren bank.
Et il passait souvent le reste de la nuit sur le canapé.
En hij bracht de rest van de nacht vaak door op de bank.
Il ne dormait jamais vraiment sur le canapé, ni la nuit.
Hij sliep eigenlijk nooit op de bank, en ook niet 's nachts.
Souvent, il se contentait de gratter le cuir pendant des heures.
Vaak krabde hij urenlang aan het leer.
D'autres fois, il poussait le fauteuil jusqu'à la fenêtre.
Soms schoof hij de fauteuil naar het raam.
Cela a nécessité à lui seul beaucoup d'efforts de sa part.
Dit alleen al vergde een enorme inspanning van zijn kant.
Le fauteuil l'a aidé à ramper jusqu'au rebord de la fenêtre.
De fauteuil hielp hem om op de vensterbank te kruipen.
Et de là, il put s'appuyer contre la fenêtre.
En van daaruit kon hij tegen het raam leunen.
Il éprouvait un grand sentiment de liberté en faisant cela.
Hij ervoer hierbij een groot gevoel van vrijheid.
Peut-être recherchait-il une sensation de liberté d'antan.
Misschien was hij op zoek naar een oud, bevrijdend gevoel.
Mais sa vue n'était plus aussi perçante qu'avant.
Maar zijn zicht was niet meer zo scherp als vroeger.
Les objets situés à une certaine distance étaient flous et indistincts.
Objecten op kleine afstand waren wazig en onduidelijk.
Il ne pouvait plus voir l'hôpital de l'autre côté de la rue.

Hij kon het ziekenhuis aan de overkant van de weg niet meer zien.

Avant, il maudissait le paysage, maintenant il voulait le voir.

Eerst had hij het uitzicht vervloekt, nu wilde hij het juist zien.

Il savait qu'il habitait dans la paisible Charlottenstrasse, en pleine ville.

Hij wist dat hij in de rustige, stedelijke Charlottenstrasse woonde.

Mais il a peut-être cru qu'il regardait vers le désert.

Maar hij dacht misschien dat hij naar een woestijn keek.

Un désert où le ciel gris et la terre grise se confondaient.

Een woestenij waar de grijze lucht en de grijze aarde in elkaar overvloeiden.

La sœur attentive remarqua à deux reprises que la chaise avait bougé.

Tot twee keer toe merkte de oplettende zus op dat de stoel was verplaatst.

Après avoir rangé, elle a repoussé la chaise vers la fenêtre.

Nadat ze had opgeruimd, schoof ze de stoel terug naar het raam.

Et désormais, elle laissait même la fenêtre ouverte.

En vanaf nu liet ze zelfs het raamkozijn openstaan.

Gregor aurait vraiment souhaité pouvoir parler à sa sœur.

Gregor had er oprecht naar verlangd om met zijn zus te kunnen praten.

Il voulait la remercier pour tout ce qu'elle avait fait pour lui.

Hij wilde haar bedanken voor alles wat ze voor hem had gedaan.

Il aurait alors plus facilement toléré leurs services.

Dan zou hij hun diensten gemakkelijker hebben getolereerd.

Mais en l'état actuel des choses, il souffrait de son aide.

Maar zoals de zaken er nu voor stonden, leed hij eronder dat zij hem hielp.

La sœur, bien sûr, a tenté de dissimuler la gêne.

De zus probeerde de gênante situatie natuurlijk te verzachten.

Et elle faisait de son mieux pour feindre de ne pas se sentir accablée.

En ze deed haar best om te doen alsof ze zich niet bezwaard voelde.

Bien sûr, c'est quelque chose qu'elle devait d'abord pratiquer.

Dit moest ze natuurlijk eerst oefenen.

Et plus le temps passait, plus elle devenait douée.

En hoe meer tijd er verstreek, hoe beter ze erin werd.

Mais Gregor eut également plus de temps pour constater sa supercherie.

Maar Gregor kreeg ook meer tijd om haar bedrog te doorzien.

Même son entrée dans sa chambre était une épreuve pour lui.

Zelfs haar binnenkomst in zijn kamer was een beproeving voor hem.

Dès qu'elle est entrée, elle a couru directement vers la fenêtre.

Zodra ze binnenkwam, rende ze meteen naar het raam.

Elle n'a même pas pris le temps de fermer la porte.

Ze nam niet eens de moeite om de deur dicht te doen.

Normalement, elle épargnait à tout le monde la vue de la chambre de Gregor.

Normaal gesproken bespaarde ze iedereen de aanblik van Gregors kamer.

Et elle ouvrit brusquement la fenêtre d'un geste rapide.

En ze rukte met haastige handen het raam open.

Puis elle reprit sa respiration comme si elle avait suffoqué.

Toen haalde ze weer adem, alsof ze aan het stikken was geweest.

L'air qui entrait était froid, et elle respira profondément.

De binnenkomende lucht was koud en ze haalde diep adem.

Mais elle resta néanmoins un moment près de la fenêtre.

Maar desondanks bleef ze nog een tijdje bij het raam staan.

Elle effrayait Gregor deux fois par jour avec ce rituel.

Ze joeg Gregor twee keer per dag de stuipen op het lijf met dit trucje.

Pendant qu'elle était dans la pièce, il tremblait sous le canapé.

Terwijl zij in de kamer was, lag hij te rillen onder de bank.

Il savait qu'elle aurait aimé lui épargner cette épreuve.

Hij wist dat ze hem die beproeving liever had bespaard.

Mais elle ne pouvait pas rester dans la pièce avec la fenêtre fermée.

Maar ze kon niet in de kamer zijn met het raam dicht.

Il y a eu une fois où elle est arrivée un peu plus tôt.

Er was een keer dat ze iets eerder binnenkwam.

Probablement environ un mois après la transformation de Gregor.

Waarschijnlijk ongeveer een maand na Gregors transformatie.

Elle s'était plus ou moins habituée à sa nouvelle apparence.

Ze was inmiddels enigszins gewend geraakt aan zijn nieuwe uiterlijk.

Elle n'avait donc plus aucune raison d'être particulièrement choquée.

Ze had dus geen reden meer om bijzonder geschokt te zijn.

Elle le trouva toujours immobile, le regard fixé par la fenêtre.

Ze trof hem aan terwijl hij nog steeds roerloos uit het raam staarde.

Il se trouvait dans le pire endroit où il aurait pu être.

Hij bevond zich op de meest afschuwelijke plek waar hij maar kon zijn.

Il n'aurait pas été surpris si elle n'était pas entrée.

Hij zou niet verbaasd zijn geweest als ze niet binnen was gekomen.

Il l'empêcha d'ouvrir la fenêtre.

Hij belette haar het raam te openen.

Elle quitta rapidement la pièce et ferma la porte.

Ze verliet de kamer snel weer en sloot de deur.

Un étranger aurait pu tirer toutes sortes de conclusions.

Een buitenstaander had tot allerlei conclusies kunnen komen.

Peut-être attendait-il simplement l'occasion de la mordre.

Misschien wachtte hij gewoon op de kans om haar te bijten.

Gregor, bien sûr, s'est immédiatement caché sous le canapé.

Gregor verstopte zich natuurlijk meteen onder de bank.

Mais il dut attendre midi pour que sa sœur revienne.
Maar hij moest tot de middag wachten voordat zijn zus terugkwam.
Et elle semblait beaucoup plus agitée que d'habitude.
En ze leek veel onrustiger dan normaal.
Il réalisa que sa vue lui était encore insupportable.
Hij besefte dat de aanblik van hem nog steeds ondraaglijk was.
Sa vue allait lui rester insupportable.
De aanblik van hem zou voor haar altijd ondraaglijk blijven.
Elle ne pouvait probablement pas supporter de le voir, même partiellement.
Ze kon waarschijnlijk geen enkel deel van hem verdragen.
Une petite partie dépassait toujours de sous le canapé.
Er stak altijd een klein stukje onder de bank uit.
Un jour, il transporta un drap sur son dos jusqu'au canapé.
Op een dag droeg hij een lakens op zijn rug naar de bank.
Il voulait lui épargner de voir quoi que ce soit de lui.
Hij wilde haar behoeden voor het zien van ook maar iets van hem.
Il arrangea le drap de façon à ce qu'il soit entièrement caché.
Hij schikte het lakens zo dat hij volledig bedekt was.
Même si elle se baissait, elle ne pourrait pas le voir.
Zelfs als ze zich voorover boog, zou ze hem niet kunnen zien.
L'opération a pris à Gregor plus de trois heures.
De hele klus kostte Gregor meer dan drie uur.
Elle a peut-être pensé que le drap était inutile.
Ze dacht wellicht dat het lakens overbodig waren.
Elle aurait su qu'il ne voulait pas du drap.
Ze zou geweten hebben dat hij het lakens niet wilde hebben.
Il le faisait pour son confort, et non pour lui-même.
Hij deed het voor haar gemoedsrust, en niet voor zichzelf.
Et elle aurait pu enlever le drap si elle l'avait voulu.
En ze had het lakens kunnen weghalen als ze dat wilde.
Mais elle laissa le drap là où Gregor l'avait mis.
Maar ze liet het lakens liggen waar Gregor het had neergelegd.
Et Gregor crut même avoir aperçu un regard reconnaissant.

En Gregor dacht zelfs dat hij een dankbare blik had
opgevangen.
Il avait doucement soulevé le drap avec sa tête.
Hij had het lakens voorzichtig met zijn hoofd opgetild.
Il voulait savoir si sa sœur appréciait cet arrangement.
Hij wilde weten of zijn zus de regeling goedkeurde.

**Les deux premières semaines ont été les plus difficiles pour
les parents.**
De eerste twee weken waren het moeilijkst voor de ouders.
Ils n'ont pas eu le courage d'entrer et de le voir.
Ze konden het niet opbrengen om naar binnen te gaan en hem
te zien.
Il a surpris plusieurs de leurs conversations à cette époque.
Hij ving in die periode veel van hun gesprekken op.
Ils ont pleinement reconnu tout ce que faisait la sœur.
Ze erkenden volledig alles wat de zus deed.
Même s'ils étaient souvent agacés par elle.
Hoewel ze zich vroeger vaak aan haar ergerden.
Parce qu'elle semblait être une fille un peu inutile.
Omdat ze een nogal nutteloos meisje leek te zijn.
**C'étaient maintenant eux qui attendaient de l'autre côté de la
pièce.**
Nu waren zij het die aan de andere kant van de kamer
stonden te wachten.
Et c'est elle qui est entrée dans la pièce pour tout faire.
En zij was het die de kamer binnenging om alles te doen.
Dès qu'elle est sortie, ils ont voulu tout savoir.
Zodra ze naar buiten kwam, wilden ze alles weten.
Elle a dû leur décrire précisément l'aspect de la pièce.
Ze moest hen precies vertellen hoe de kamer eruitzag.
**« Qu'est-ce que Gregor a mangé ? Comment s'est-il comporté
cette fois-ci ? »**
"Wat heeft Gregor gegeten? Hoe heeft hij zich deze keer
gedragen?"
«Y avait-il peut-être une légère amélioration à constater ?»
"Was er wellicht een lichte verbetering merkbaar?"

La mère, d'ailleurs, était en réalité plus courageuse.
De moeder was overigens eigenlijk moediger.
Et bien sûr, c'était son propre fils qui se trouvait dans la pièce.
En natuurlijk was het haar eigen zoon die zich in de kamer bevond.
Elle souhaitait en fait rendre visite à Gregor assez rapidement.
Ze wilde Gregor eigenlijk al vrij snel bezoeken.
Mais au départ, son père et sa sœur l'ont retenue.
Maar haar vader en zus hielden haar aanvankelijk tegen.
Ils ont avancé des arguments très rationnels pour qu'elle n'y aille pas.
Ze brachten zeer rationele argumenten naar voren om haar ervan te weerhouden te gaan.
Gregor écouta très attentivement leur raisonnement.
Gregor luisterde zeer aandachtig naar hun redenering.
Et il acceptait ce raisonnement autant que sa mère.
En hij accepteerde die redenering net zo goed als zijn moeder.
Plus tard, cependant, il a fallu la retenir par la force.
Later moest ze echter met geweld worden tegengehouden.
«Laissez-moi entrer voir Gregor, c'est mon malheureux fils !»
"Laat me binnen bij Gregor, hij is mijn ongelukkige zoon!"
« Tu ne comprends pas que je dois aller le voir ? »
"Begrijp je dan niet dat ik hem moet gaan bezoeken?"
Gregor fut également convaincu par les arguments de sa mère.
Gregor liet zich ook overtuigen door de argumenten van zijn moeder.
Peut-être avait-elle raison ; ce serait bien qu'elle vienne.
Misschien had ze gelijk; het zou goed zijn als ze binnenkwam.
Le voir tous les jours serait beaucoup trop lourd.
Hem elke dag bezoeken zou veel te veel zijn.
Mais le voir une fois par semaine suffirait peut-être.
Maar hem misschien één keer per week zien, zou al genoeg kunnen zijn.
Elle pourrait comprendre les choses bien mieux que sa sœur.

Misschien begrijpt zij de dingen veel beter dan haar zus.

Malgré tout son courage, elle n'était encore qu'une enfant.

Ondanks al haar moed was ze nog maar een kind.

Peut-être une insouciance enfantine l'a-t-elle poussée à entreprendre cette tâche.

Wellicht was het kinderlijke roekeloosheid die haar ertoe aanzette de taak op zich te nemen.

Mais le souhait de Gregor de revoir sa mère se réalisa bientôt.

Maar Gregors wens om zijn moeder te zien ging al snel in vervulling.

Durant la journée, Gregor se tenait à l'écart de la fenêtre.

Overdag bleef Gregor uit de buurt van het raam.

Il a agi ainsi par égard pour ses parents.

Dit deed hij uit respect voor zijn ouders.

Il n'avait pas beaucoup de place pour ramper sur le sol.

Hij had niet veel ruimte om over de vloer te kruipen.

Il avait du mal à rester immobile pendant la nuit.

Hij vond het moeilijk om 's nachts stil te liggen.

Manger ne lui procurait plus le moindre plaisir.

Eten gaf hem geen enkel plezier meer.

Bien sûr, il devait trouver un moyen de se distraire.

Uiteraard moest hij een manier vinden om zichzelf af te leiden.

Pour se divertir, il grimpait et descendait les murs.

Om zichzelf te vermaken, kroop hij de muren op en neer.

Et il rampait aussi le long du plafond, la tête en bas.

En hij kroop ook ondersteboven over het plafond.

Il était particulièrement heureux lorsqu'il était suspendu au plafond.

Hij was vooral gelukkig als hij aan het plafond hing.

C'était complètement différent de s'allonger par terre.

Het was totaal anders dan op de vloer liggen.

Il trouvait qu'il respirait beaucoup plus facilement dans cette position.

Hij vond het in deze houding veel gemakkelijker om te ademen.

Une légère mais agréable vibration parcourut son corps.
Een lichte maar aangename trilling ging door zijn lichaam.
Parfois, il se laissait même trop aller à son bonheur.
Soms liet hij zich zelfs te veel meeslepen door zijn geluk.
Il lui arrivait d'être distrait et de lâcher prise du plafond.
Hij raakte soms afgeleid en liet het plafond los.
Et à sa propre surprise, il atterrit de nouveau sur le sol.
En tot zijn eigen verbazing landde hij weer op de grond.
Mais il maîtrisait bien mieux son corps qu'auparavant.
Maar hij had zijn lichaam nu veel beter onder controle dan
voorheen.
Ainsi, il ne se blessait plus lors de chutes aussi importantes.
Hij heeft zich dus niet meer bezeerd door zulke grote
valpartijen.
**Sa sœur remarqua immédiatement le nouveau plaisir de
Gregor.**
De zus merkte Gregors nieuwe plezier meteen op.
Et on retrouvait des traces de colle là où il avait rampé.
En er waren sporen van lijm te zien op de plekken waar hij
had gekropen.
Là encore, la sœur pensa au bien-être de Gregor.
Ook nu dacht de zus weer aan Gregors welzijn.
Il apprécierait peut-être d'avoir plus d'espace pour ramper.
Misschien zou hij meer ruimte om rond te kruipen wel prettig
vinden.
Et l'idée s'est fermement ancrée dans son esprit.
En het idee nestelde zich stevig in haar hoofd.
**Certains meubles volumineux entravaient sa liberté de
mouvement.**
Een deel van het grote meubilair belemmerde zijn
bewegingsvrijheid.
Il ne travaillait plus, il n'avait donc plus besoin du bureau.
Hij werkte niet meer, dus had hij het bureau niet meer nodig.
Et la boîte prenait plus de place que nécessaire. ***
En de doos nam ook meer ruimte in beslag dan nodig was. ***
La sœur n'était pas en mesure de déplacer ces choses seule.
De zus was niet in staat om deze spullen alleen te verplaatsen.

Bien sûr, elle n'osait pas demander de l'aide à son père.
Natuurlijk durfde ze haar vader niet om hulp te vragen.
La bonne ne l'aurait certainement pas aidée non plus.
De dienstmeid zou haar zeker ook niet hebben geholpen.
La nouvelle femme de ménage était en réalité un an plus jeune qu'elle.
De nieuwe huishoudster was in feite een jaar jonger dan zij.
Elle avait courageusement endossé le rôle de l'ancienne bonne.
Ze had moedig de rol van de voormalige dienstmeid op zich genomen.
Mais il y avait un privilège auquel elle tenait absolument.
Maar er was één voorrecht waar ze absoluut op stond.
Elle voulait que la cuisine reste verrouillée en permanence.
Ze wilde de keuken altijd op slot houden.
La sœur n'avait donc pas d'autre choix que de demander à sa mère.
De zus had dus geen andere keus dan het aan haar moeder te vragen.
La mère est venue à son secours en poussant des cris de joie.
Onder kreten van opgewonden vreugde kwam de moeder helpen.
Mais elle se tut devant la porte de la chambre de Gregor.
Maar ze zweeg in de deuropening van Gregors kamer.
La sœur a vérifié que tout était en ordre dans la chambre.
De zus controleerde of alles in de kamer in orde was.
Gregor avait tiré précipitamment encore plus fort sur le drap.
Gregor had haastig het lakens nog strakker getrokken.
Bien que le drap-housse paraisse encore disposé au hasard.
Hoewel het beddengoed er nog steeds willekeurig uitzag.
Et ce n'est qu'alors qu'elle laissa sa mère entrer dans la pièce.
Pas toen liet ze haar moeder de kamer binnenkomen.
Gregor s'abstint également d'espionner sous le drap.
Gregor zag er ook van af om van onder het laken te spioneren.
Il a décidé de ne pas voir sa mère cette fois-ci.
Hij besloot om zijn moeder dit keer niet te bezoeken.

Gregor était déjà content qu'elle soit venue.
Gregor was al blij genoeg dat ze überhaupt was gekomen.
«Entrez, vous ne pouvez pas le voir», dit la sœur.
"Kom binnen, je kunt hem niet zien," zei de zus.
Gregor supposa qu'elle tenait sa mère par la main.
Gregor nam aan dat ze haar moeder bij de hand leidde.
Puis il entendit les deux femmes, faibles, déplacer les meubles.
Toen hoorde hij de twee zwakke vrouwen de meubels verplaatsen.
La sœur semblait s'attribuer la majeure partie du travail.
De zus leek het meeste werk voor zichzelf op te eisen.
Sa mère craignait qu'elle ne s'épuise.
Haar moeder vreesde dat ze zichzelf zou overbelasten.
Mais la sœur n'a prêté aucune attention à ces avertissements.
Maar de zus sloeg geen acht op deze waarschuwingen.
Mais même après quinze minutes, les progrès étaient très lents.
Maar zelfs na vijftien minuten ging het maar heel langzaam.
Ils n'avaient pas réussi à déplacer les meubles très loin.
Ze waren er niet in geslaagd de meubels ver te verplaatsen.
Ils commençaient lentement à ressentir un sentiment de défaite.
Ze begonnen langzaam een gevoel van nederlaag te ervaren.
La mère fut la première à reconnaître l'inutilité de la démarche.
De moeder was de eerste die de zinloosheid erkende.
« Il vaudrait peut-être mieux laisser la boîte ici. »
"Misschien is het beter om de doos hier te laten staan."
« Le carton est trop lourd pour que nous puissions le déplacer plus loin. »
"De doos is te zwaar om hem nog verder te verplaatsen."
« Et nous n'aurons pas terminé avant l'arrivée de votre père. »
"En we zijn niet klaar voordat je vader arriveert."
« Laisser la boîte ici lui barrerait encore plus le passage. »

"Als hij de doos hier laat staan, blokkeert dat zijn weg nog meer."

« Et pouvons-nous être sûrs de lui rendre service ? »

"En kunnen we er zeker van zijn dat we hem daarmee een plezier doen?"

Ils commencèrent à penser que le contraire pourrait bien être vrai.

Ze begonnen te denken dat het tegendeel wel eens waar zou kunnen zijn.

La vue du mur vide lui pesait lourdement sur le cœur.

De aanblik van de lege muur drukte zwaar op haar hart.

Qui nous dit que Gregor ne ressentirait pas la même chose ?

Wie zegt dat Gregor zich niet ook zo zou voelen?

«Il est déjà habitué aux meubles de sa chambre.»

"Hij is al gewend aan de meubels in zijn kamer."

«Il pourrait se sentir encore plus abandonné dans une pièce vide.»

"In een lege kamer zou hij zich wellicht nog meer verlaten voelen."

À ce moment-là, sa voix s'était presque réduite à un murmure.

Inmiddels was haar stem bijna tot een fluistering gezakt.

Elle ignorait en réalité où se trouvait exactement Gregor.

Ze wist niet precies waar Gregor zich bevond.

Elle ne voulait même pas qu'il entende sa voix.

Ze wilde niet dat hij haar stem ook maar hoorde.

Bien qu'elle fût certaine qu'il ne la comprenait pas.

Hoewel ze er zeker van was dat hij haar niet begreep.

« N'aurait-on pas l'impression de l'avoir complètement abandonné ? »

"Zou het niet lijken alsof we hem volledig hebben opgegeven?"

«N'aura-t-il pas l'impression qu'on le laisse se débrouiller seul ?»

"Zal hij niet het gevoel krijgen dat we hem in de steek laten?"

«Nous devrions laisser la pièce exactement comme elle était.»

"We moeten de kamer precies zo achterlaten als we hem aantroffen."

« Gregor finira par nous revenir comme avant. »

"Uiteindelijk zal Gregor weer bij ons terugkomen zoals hij was."

«Alors il constatera que tout est encore à sa place.»

"Dan zal hij merken dat alles nog op zijn plaats is."

« Et il oubliera beaucoup plus facilement la période intermédiaire. »

"En hij zal de tussenperiode veel gemakkelijker vergeten."

En entendant ces mots, Gregor réalisa quelque chose.

Toen Gregor deze woorden hoorde, besefte hij iets.

Son esprit était devenu confus au cours des deux derniers mois.

De afgelopen twee maanden was zijn geest in de war geraakt.

Le manque d'interactions humaines ne lui avait pas fait de bien.

Het gebrek aan menselijk contact was niet goed voor hem geweest.

Il avait vraiment besoin de la vie monotone au sein de sa famille.

Hij had de eentonigheid van het leven te midden van zijn familie echt nodig.

Pourquoi aurait-il formulé une demande aussi absurde autrement ?

Waarom zou hij anders zo'n onzinnige eis hebben gesteld?

Quel sens pouvait-il y avoir à vider sa chambre ?

Wat voor zin had het om zijn kamer leeg te halen?

La chambre confortable est meublée de meubles hérités.

De comfortabele kamer is ingericht met geërfd meubilair.

Pourquoi voudrait-il transformer cette chaleur familière en une grotte ?

Waarom zou hij deze bekende warmte in een grot willen veranderen?

Une grotte où il pouvait ramper en toute tranquillité dans toutes les directions.

Een grot waar hij in alle rust in alle richtingen kon kruipen.

Mais une grotte où il oublia rapidement son passé humain.

Maar een grot waarin hij zijn menselijke verleden snel vergat.

Il se demandait s'il était déjà sur le point d'oublier.

Hij vroeg zich af of hij het al bijna vergeten was.

La voix de sa mère l'avait secoué et lui avait fait se souvenir.

De stem van zijn moeder had hem wakker geschud en zijn herinneringen opgeroepen.

La voix qu'il n'avait pas entendue depuis si longtemps.

De stem die hij al zo lang niet meer had gehoord.

Il ne fallait rien enlever ; tout devait rester.

Niets mocht worden verwijderd; alles moest blijven.

Le mobilier a eu un effet positif sur son état.

De meubels hadden een positief effect op zijn toestand.

Et il ne pouvait pas s'en sortir sans ce lien avec le passé.

En hij kon niet zonder dit houvast uit het verleden.

Les meubles l'empêchaient de ramper sans but.

Het meubilair verhinderde dat hij doelloos rondkroop.

Mais ce n'était pas une perte ; c'était au contraire un grand avantage.

Maar dat was geen verlies; integendeel, het was een groot voordeel.

Malheureusement, sa sœur avait un avis très différent.

Helaas had de zus een heel andere mening.

Elle était en quelque sorte devenue la porte-parole de Gregor.

Ze was in zekere zin een woordvoerster voor Gregor geworden.

Bien sûr, son opinion n'était pas totalement injustifiée.

Haar mening was natuurlijk niet helemaal onterecht.

Mais l'opinion de sa mère devait être contredite ici.

Maar de mening van haar moeder moest hier tegengesproken worden.

Il ne s'agissait plus seulement d'enlever la boîte.

Het was niet alleen de doos die nu verwijderd moest worden.

Son bureau et son armoire ne pouvaient pas rester en place non plus.

Ook zijn bureau en de kledingkast konden niet blijven staan.

La seule chose indispensable était le canapé.
Het enige dat onmisbaar was, was de bank.
Elle n'a pas pris cette décision par simple rébellion enfantine.
Ze heeft dit niet zomaar uit kinderlijke opstandigheid besloten.
Ce n'était pas non plus sa confiance en soi récemment acquise.
Het was ook niet haar recent verworven zelfvertrouwen.
La nouvelle confiance qu'elle avait acquise lui a permis de travailler si dur pour gagner.
Het herwonnen zelfvertrouwen gaf haar de motivatie om zo hard te werken voor de overwinning.
Même si personne ne s'attendait à ce qu'elle y parvienne.
Ook al had niemand verwacht dat ze het zou kunnen.
Gregor avait vraiment besoin de beaucoup d'espace pour ramper.
Gregor had inderdaad veel ruimte nodig om te kruipen.
Le mobilier ne faisait que réduire l'espace dont il disposait.
De meubels beperkten alleen de beschikbare ruimte.
Elle était capable de mieux voir ces choses que sa mère.
Zij kon deze dingen beter zien dan de moeder.
Mais peut-être que son esprit romantique a aussi joué un rôle.
Maar misschien speelde haar romantische aard ook een rol.
Les filles de cet âge acquièrent souvent un certain enthousiasme.
Meisjes van die leeftijd ontwikkelen vaak een zekere mate van enthousiasme.
Et ils éprouvent le besoin d'obtenir ce qu'ils veulent chaque fois qu'ils le peuvent.
En ze voelen de behoefte om hun zin te krijgen wanneer ze maar kunnen.
C'est peut-être pour cela qu'elle voulait le saboter en secret.
Misschien wilde ze hem daarom in het geheim saboteren.
Il est encore plus terrifiant lorsqu'il rampe sur les murs.
Hij is nog angstaanjagender als hij over de muren kruipt.

Les parents n'osaient plus entrer dans la pièce.
De ouders durfden de kamer niet meer binnen te gaan.
Elle serait véritablement la seule à prendre soin de son frère.
Zij zou werkelijk de enige verzorger van haar broer zijn.
Elle ne laissa pas sa mère la persuader du contraire.
Ze liet zich niet door haar moeder overhalen om van
gedachten te veranderen.
La mère de Gregor se sentait déjà mal à l'aise dans la pièce.
Gregors moeder voelde zich al ongemakkelijk in de kamer.
Elle cessa bientôt de parler et aida de nouveau sa fille.
Ze hield al snel op met praten en hielp haar dochter weer.
Avec leurs forces restantes, ils ont enlevé l'armoire.
Met hun resterende krachten verwijderden ze de kledingkast.
La commode, il pouvait s'en passer.
De ladekast kon hij wel missen.
Mais le bureau allait devoir rester en place pour le moment.
Maar het bureau moest voorlopig nog blijven staan.
Pendant l'absence des femmes, il tenta d'évaluer la pièce.
Terwijl de vrouwen weg waren, probeerde hij de kamer te
inspecteren.
Et Gregor passa la tête sous le canapé.
En Gregor stak zijn hoofd onder de bank vandaan.
Il devait voir ce qu'il pouvait faire face à la situation.
Hij moest kijken wat hij aan de situatie kon doen.
Mais il a été aussi prudent et attentionné que possible.
Maar hij was zo voorzichtig en attent mogelijk.
Malheureusement, c'est la mère qui est revenue la première.
Helaas was het de moeder die als eerste terugkeerde.
**Grete était encore en train de déplacer l'armoire dans la
pièce voisine.**
Grete was nog steeds bezig met het verplaatsen van de
kledingkast in de kamer ernaast.
Mais la mère n'était pas habituée à la vue de Gregor.
Maar de moeder was niet gewend aan de aanblik van Gregor.
Un simple aperçu de lui aurait pu la rendre malade.
Zelfs een vluchtige blik op hem had haar al ziek kunnen
maken.

Gregor recula précipitamment jusqu'à l'autre bout du canapé.

Gregor haastte zich achteruit naar het uiteinde van de bank.

Mais il ne pouvait pas reculer et maintenir le drap en équilibre.

Maar hij kon niet achteruit stappen en het laken in evenwicht houden.

Ce mouvement suffit à attirer l'attention de la mère.

De beweging was voldoende om de aandacht van de moeder te trekken.

Elle marqua une pause et resta immobile un bref instant.

Ze pauzeerde en bleef een kort moment volkomen stil staan.

Puis elle se retourna et sortit de la pièce.

Vervolgens draaide ze zich om en verliet de kamer weer.

Gregor se répétait sans cesse que rien d'inhabituel ne s'était produit.

Gregor bleef zichzelf voorhouden dat er niets ongewoons was gebeurd.

« Ce ne sont que quelques meubles qui ont été emportés. »

"Het gaat alleen om wat meubilair dat is weggehaald."

Mais il dut bientôt admettre que ces événements l'avaient affecté.

Maar hij moest al snel toegeven dat de gebeurtenissen hem hadden geraakt.

Les femmes disaient tout ce qu'elles faisaient.

De vrouwen hadden alles verteld wat ze aan het doen waren.

Ils faisaient des allers-retours dans la pièce.

Ze liepen de hele tijd heen en weer door de kamer.

Le bruit des meubles qui grattent le sol.

Het gekras van alle meubels op de vloer.

Il avait l'impression d'être assailli de toutes parts.

Hij had het gevoel dat hij van alle kanten werd aangevallen.

Il replia sa tête et ses jambes aussi fort qu'il le put.

Hij trok zijn hoofd en benen zo strak mogelijk in.

De toutes ses forces, il plaqua son corps au sol.

Met al zijn kracht drukte hij zijn lichaam tegen de grond.

**Il savait qu'il ne pourrait pas supporter tout cela encore
longtemps.**
Hij wist dat hij dit niet veel langer kon volhouden.
Ils ont vidé sa chambre et ont pris tout ce qu'il aimait.
Ze hebben zijn kamer leeggehaald en alles meegenomen waar
hij van hield.
Ils avaient déjà pris la boîte contenant tous ses outils.
Ze hadden de doos met al zijn gereedschap al meegenomen.
Ils étaient en train de déloger son lourd bureau du sol.
Nu waren ze bezig zijn zware bureau van de grond te tillen.
Le bureau sur lequel il avait travaillé en rentrant du travail.
Het bureau waaraan hij had gewerkt nadat hij van zijn werk
thuiskwam.
**Le bureau sur lequel il avait noté ses missions
professionnelles.**
Het bureau waarop hij zijn zakelijke opdrachten had
geschreven.
Le bureau sur lequel il avait fait ses devoirs au collège.
Het bureau waaraan hij op de middelbare school zijn
huiswerk maakte.
Oui, il avait déjà eu ce bureau à l'école primaire.
Ja, hij had dit bureau al op de basisschool gehad.
**Il n'a vraiment pas eu le temps de vérifier leurs bonnes
intentions.**
Hij had echt geen tijd om hun goede bedoelingen te
bevestigen.
Bien qu'il ait presque oublié leur présence.
Hoewel hij bijna vergeten was dat ze er waren.
Parce qu'ils travaillaient en silence, épuisés.
Omdat ze door uitputting in stilte aan het werk waren.
**Ils étaient trop fatigués pour annoncer leurs mouvements
maintenant.**
Ze waren te moe om hun bewegingen nu nog aan te kondigen.
Il n'entendait que leurs lourds pas sur le sol.
Het enige wat hij hoorde waren hun zware voetstappen op de
vloer.
À ce moment précis, ils étaient appuyés contre la boîte.

Precies op dat moment leunden ze tegen de doos.

Et c'est alors que Gregor est sorti de sous le canapé.

En toen kwam Gregor onder de bank vandaan.

Il a changé de direction à quatre reprises.

Hij veranderde vier keer van richting waarin hij rende.

Il n'arrivait pas à se décider quel objet sauver en premier.

Hij kon niet beslissen welk voorwerp als eerste gered moest worden.

Soudain, son attention fut attirée par le mur vide.

Plotseling werd zijn aandacht getrokken door de lege muur.

Ils ne lui avaient laissé que la photo de la dame en fourrure.

Het enige dat ze hem hadden nagelaten was de foto van de dame in de bontjas.

Il rampa jusqu'à la photo pour coller son corps contre le sien.

Hij kroop naar het schilderij om zijn lichaam tegen haar aan te drukken.

Et son corps masquait complètement la vue de la photo.

En zijn lichaam bedekte het hele beeld.

Le verre le soutenait et apaisait son ventre brûlant.

Het glas hield hem overeind en bood verkoeling aan zijn hete buik.

On ne pouvait plus lui enlever cette photo.

Deze foto kon hem niet meer afgenomen worden.

Puis il tourna la tête vers la porte du salon.

Vervolgens draaide hij zijn hoofd naar de deur van de woonkamer.

Il allait les regarder retourner dans la pièce.

Hij zou toekijken hoe de vrouwen terugkeerden naar de kamer.

Et ils ne se reposèrent pas longtemps avant de revenir.

En ze rustten niet lang uit voordat ze weer terugkwamen.

Grete avait le bras autour de sa mère pour l'aider à marcher.

Grete had haar arm om haar moeder heen geslagen om haar te helpen lopen.

« Que prenons-nous maintenant ? » demanda Grete en regardant autour d'elle.

'Wat zullen we nu nemen?' vroeg Grete en keek om zich heen.

À ce moment précis, son regard croisa celui de Gregor.

Precies op dat moment kruiste haar blik die van Gregor.

Malgré le choc, elle a gardé son sang-froid.

Ondanks de schok behield ze haar kalmte.

Probablement uniquement à cause de la présence de sa mère.

Waarschijnlijk alleen vanwege de aanwezigheid van haar moeder.

Elle pencha le visage vers sa mère, lui cachant la vue.

Ze boog haar gezicht naar haar moeder toe, zodat ze haar niet kon zien.

Et puis elle dit, d'une voix tremblante et sans réfléchir :

En toen zei ze, hoewel ze trilde en niet goed nadacht:

«Allez, on ne devrait pas retourner au salon ?»

"Kom op, zullen we niet teruggaan naar de woonkamer?"

Gregor comprenait aisément les intentions de sa sœur.

Gregor kon de bedoelingen van de zus gemakkelijk begrijpen.

Sa priorité absolue était de mettre sa mère en sécurité.

Haar eerste prioriteit was om haar moeder in veiligheid te brengen.

Mais ensuite, elle allait le poursuivre depuis le mur.

Maar dan zou ze hem van de muur af achtervolgen.

« Eh bien, elle peut toujours essayer ! » pensa Gregor.

"Nou, ze kan het in ieder geval proberen!" dacht Gregor bij zichzelf.

Il s'assit fermement sur son tableau et ne le lâcha pas.

Hij bleef stevig op zijn foto zitten en gaf hem niet op.

Il aurait préféré sauter au visage de sa sœur.

Hij had liever recht in het gezicht van zijn zus gesprongen.

Mais les paroles de Grete avaient encore plus inquiété sa mère.

Maar Gretes woorden hadden haar moeder nog meer zorgen gebaard.

Elle s'écarta pour voir ce qu'on lui cachait.

Ze stapte opzij om te zien wat er voor haar verborgen werd gehouden.

Et elle vit la tache brune sur le papier peint à fleurs.

En ze zag de bruine vlek op het bloemenbehang.
Et elle a crié avant même de réaliser que c'était Gregor.
En ze gilde nog voordat ze zich realiseerde dat het Gregor was.
« Oh mon Dieu ! » hurla-t-elle en tendant les bras.
"Oh mijn God," schreeuwde ze met haar armen wijd open.
Et elle s'est effondrée sur le canapé comme si elle avait renoncé.
En ze liet zich op de bank vallen alsof ze het had opgegeven.
« Gregor ! » cria sa sœur en levant le poing.
"Gregor!" riep de zus hem toe met gebalde vuist.
Et elle lui lança un regard long, dur et pénétrant.
En ze gaf hem een lange, indringende blik.
C'était la première fois qu'elle lui parlait directement.
Dit was de eerste keer dat ze rechtstreeks met hem sprak.
Elle a couru dans la pièce voisine pour aller chercher des sels d'ammoniaque.
Ze rende naar de volgende kamer om wat reukzout te halen.
Elle devait ramener sa mère à la conscience.
Ze moest haar moeder weer bij bewustzijn brengen.
Gregor voulait aider, il pourrait sauvegarder la photo plus tard.
Gregor wilde helpen, hij kon de foto later nog opslaan.
Mais il s'était solidement collé à la vitre.
Maar hij zat muurvast aan het glas.
Il a donc dû s'arracher à ce point en utilisant beaucoup de force.
Hij moest zich dus met veel kracht losrukken.
Il courut lui aussi dans la pièce voisine, où se trouvait sa sœur.
Ook hij rende naar de volgende kamer, waar de zus was.
Autrefois, il aurait pu lui donner quelques conseils.
Vroeger had hij haar wellicht wat advies kunnen geven.
Mais à présent, il ne pouvait rien faire d'autre que rester là, impuissant, et regarder.
Maar nu kon hij niets anders doen dan werkeloos toekijken.
Elle fouilla dans le tiroir, ouvrant diverses bouteilles.

Ze rommelde in de la en opende verschillende flessen.
Et il lui faisait encore peur quand elle se retournait.
En hij maakte haar nog steeds bang toen ze zich omdraaide.
Une bouteille est tombée par terre, s'est cassée et a éclaté.
Een fles viel op de grond, brak en spatte in stukken.
Un éclat de verre a frappé Gregor au visage et l'a blessé.
Een glasscherf raakte Gregor in zijn gezicht en verwondde
hem.
La bouteille contenait une sorte de liquide caustique.
De fles bevatte een of andere bijtende vloeistof.
Et maintenant, le liquide corrosif brûlait le visage de Gregor.
En nu brandde de bijtende vloeistof op Gregors gezicht.
**Sa sœur, cependant, n'avait pas de temps à consacrer à
Gregor pour le moment.**
De zus had echter op dit moment geen tijd voor Gregor.
Elle ramassa autant de bouteilles qu'elle put.
Ze raapte zoveel mogelijk flessen op.
**Et elle est retournée en courant vers sa mère avec les
médicaments.**
En ze rende met de medicijnen terug naar haar moeder.
Elle claqua la porte du pied, empêchant Gregor d'entrer.
Ze smeet de deur met haar voet dicht en sloot Gregor buiten.
**Il était désormais coupé de sa mère, potentiellement
mourante.**
Hij was nu afgesneden van zijn mogelijk stervende moeder.
S'il ouvrait la porte, il chasserait sa sœur.
Als hij de deur opendeed, zou hij zijn zus wegjagen.
Mais bien sûr, elle devait rester pour s'occuper de sa mère.
Maar ze moest natuurlijk wel blijven om voor de moeder te
zorgen.
Il ne pouvait plus rien faire d'autre qu'attendre.
Hij kon nu niets anders doen dan op hen wachten.
Rongé par les remords et l'anxiété, il se mit à ramper.
Geplaagd door zelfverwijt en angst begon hij te kruipen.
Il rampait partout : sur les murs, les meubles, le plafond.
Hij kroop overal rond; tegen de muren, meubels, het plafond.
Il avait l'impression que toute la pièce tournait autour de lui.

Hij had het gevoel dat de hele kamer om hem heen draaide.

Finalement, désespéré et pris de vertiges, il retomba.

Uiteindelijk, in wanhoop en duizeligheid, viel hij weer neer.

Et il est tombé directement sur la grande table de la salle à manger.

En hij viel precies bovenop de grote eettafel.

Il resta allongé là un certain temps, engourdi et incapable de bouger.

Hij lag daar enige tijd verdoofd en niet in staat om te bewegen.

Il était épuisé par tout ce que cette journée lui avait apporté.

Hij was uitgeput door alles wat deze dag hem had gebracht.

Le silence régnait partout, mais c'était peut-être bon signe.

Het was overal stil, maar misschien was dat wel een goed teken.

Puis, brisant le silence, la sonnette retentit à l'extérieur.

Toen, abrupt onderbroken door de stilte, ging de deurbel.

La bonne, bien sûr, s'était enfermée dans sa cuisine.

De dienstmeid had zich uiteraard in haar keuken opgesloten.

La sœur était donc la seule à pouvoir ouvrir la porte.

De zus was dus de enige die de deur kon openen.

« Que s'est-il passé ? » fut la première question du père.

'Wat is er gebeurd?' was het eerste wat de vader vroeg.

L'apparence de Grete lui avait probablement tout dit.

Grete's uiterlijk had hem waarschijnlijk alles verteld.

La voix de Grete devint étouffée et monotone tandis qu'elle parlait.

Grete's stem klonk gedempt en dof toen ze sprak.

Elle a dû enfouir son visage contre la poitrine de son père.

Ze moet haar gezicht tegen de borst van haar vader hebben gedrukt.

« Maman était inconsciente, mais elle va mieux maintenant. »

"Moeder was bewusteloos, maar ze voelt zich nu beter."

« Gregor s'est échappé », a-t-elle ajouté, ce à quoi il s'attendait.

"Gregor is ontsnapt," voegde ze eraan toe, wat hij al had verwacht.

« Je vous l'ai toujours dit, il allait s'échapper un jour. »

"Ik heb je altijd gezegd dat hij op een dag zou ontsnappen."

« Mais vous, les femmes, vous ne vouliez pas m'écouter, n'est-ce pas ? »

"Maar jullie vrouwen wilden niet naar me luisteren, hè?"

Gregor comprit rapidement comment son père verrait les choses.

Gregor begreep al snel hoe zijn vader de dingen zou zien.

Il avait mal interprété le message trop bref de Grete.

Hij had Grete's veel te korte boodschap verkeerd begrepen.

Il supposa que Gregor avait commis un acte de violence.

Hij ging ervan uit dat Gregor een of andere gewelddadige daad had begaan.

Gregor devait trouver un moyen d'apaiser son père d'une manière ou d'une autre.

Gregor moest een manier vinden om zijn vader tevreden te stellen.

Parce qu'il n'avait pas le temps de lui expliquer les choses.

Omdat hij geen tijd had om het hem uit te leggen.

Mais de toute façon, il n'aurait pas été capable d'expliquer les choses.

Maar hij had het sowieso niet kunnen uitleggen.

Il s'est donc enfui vers la porte et s'y est plaqué.

Dus vluchtte hij naar de deur en drukte zich ertegenaan.

Ainsi, son père pourrait le voir depuis l'antichambre.

Op die manier kon zijn vader hem vanuit de voorkamer zien.

Et il pourrait constater qu'il avait les meilleures intentions.

En hij zou kunnen inzien dat hij de beste bedoelingen had.

Il n'était pas nécessaire de le repousser avec un balai.

Het was niet nodig om hem met een bezem terug te duwen.

Il aurait suffi que le père ouvre la porte.

Het enige wat de vader had hoeven doen, was de deur openen.

Mais il n'était pas d'humeur à remarquer de telles subtilités.

Maar hij was niet in de stemming om zulke subtiliteiten op te merken.

« Te voilà ! » s'exclama-t-il dès qu'il entra.

"Daar ben je!" riep hij uit zodra hij binnenkwam.

C'était comme s'il était à la fois en colère et heureux.

Het was alsof hij tegelijkertijd boos en blij was.

Il recula la tête et leva les yeux vers son père.

Hij trok zijn hoofd achterover en keek op naar zijn vader.

Il n'avait pas imaginé son père debout là, dans cette position.

Hij had zich niet kunnen voorstellen dat zijn vader daar zo zou staan.

Mais ces derniers temps, il s'était trouvé une nouvelle distraction.

Maar hij had de laatste tijd een nieuwe afleiding gevonden.

Ramper occupait désormais une grande partie de sa journée.

Het rondkruipen nam nu een groot deel van zijn dag in beslag.

Auparavant, il se tenait au courant de toutes les nouvelles dans l'appartement.

Voorheen hield hij al het nieuws in het appartement nauwlettend in de gaten.

Mais ces derniers temps, il n'y avait pas prêté beaucoup d'attention.

Maar hij had er de laatste tijd niet zoveel aandacht aan besteed.

Il aurait dû se préparer à faire face aux changements.

Hij had zich moeten voorbereiden op veranderingen.

Pour autant, cet homme qui se tenait devant lui était-il encore son père ?

Was deze man die voor hem stond desondanks nog steeds zijn vader?

Était-ce le même homme qui avait l'habitude de rester allongé, fatigué, dans son lit ?

Was hij nog steeds dezelfde man die vroeger zo moe in bed lag?

Alors que Gregor était déjà parti en voyage d'affaires.

Toen Gregor al op zakenreis was.

Était-ce le même homme qui le saluait le soir ?

Was hij dezelfde man die hem 's avonds begroette?

Lorsqu'il était en robe de chambre, dans son fauteuil.

Toen hij in zijn kamerjas in zijn fauteuil zat.
Était-ce le même homme qui n'avait pas pu se lever pour l'accueillir ?
Was hij dezelfde man die niet kon opstaan om hem te verwelkomen?
Restant assis, il leva le bras en signe de joie.
Hij bleef dus zitten en stak zijn arm op als teken van vreugde.
Était-ce le même homme avec qui il faisait parfois des promenades ?
Was hij dezelfde man met wie hij af en toe ging wandelen?
Exceptionnellement : quelques dimanches par an, ou les jours fériés.
Bij zeldzame gelegenheden: een paar zondagen per jaar, of op feestdagen.
Était-ce le même homme qui marchait, enveloppé dans son pardessus ?
Was hij dezelfde man die rondliep, gehuld in zijn overjas?
S'est-il lentement avancé, entre la mère et lui ?
Heeft hij zich langzaam voortbewogen, tussen zijn moeder en hem in?
Et ils marchaient déjà lentement à cause de lui.
En ze liepen door hem al langzaam.
Mais à présent, cet homme se tenait droit et fort.
Maar nu stond deze man stevig en rechtop.
Il portait un uniforme bleu à boutons dorés.
Hij droeg een blauw uniform met gouden knopen.
Les badges que portent les employés des institutions bancaires.
Knopen die de bedienden van de bankinstellingen dragen.
Au-dessus du col rigide, son double menton prononcé se dessinait.
Boven de stijve kraag kwam zijn sterke dubbele kin tevoorschijn.
Sous ses sourcils broussailleux, ses yeux noirs fixaient le vide.
Onder zijn borstelige wenkbrauwen keken zijn zwarte ogen naar buiten.

À présent, ses yeux paraissaient perçants, frais et alertes.
Nu keken zijn ogen doordringend, fris en alert.
Les cheveux blancs, auparavant ébouriffés, étaient désormais peignés.
Het voorheen warrige witte haar werd naar beneden gekamd.
Et ses cheveux étaient désormais coiffés d'une raie centrale méticuleuse.
En zijn haar was nu netjes in het midden gescheiden.
Il jeta son chapeau, orné d'un monogramme en or.
Hij gooide zijn hoed weg, die was versierd met een gouden monogram.
Il s'agissait probablement du monogramme de la banque pour laquelle il travaillait.
Het was waarschijnlijk het monogram van de bank waar hij werkte.
Et le chapeau atterrit sur le canapé, pour être rangé plus tard.
En de hoed belandde op de bank, om later opgeborgen te worden.
Il repoussa le bas de sa longue veste d'uniforme.
Hij schoof de onderkant van het lange uniformjasje naar achteren.
Et il mit ses pouces dans les poches de son pantalon.
En hij stak zijn duimen in zijn broekzakken.
Puis, le visage sombre, il s'avança vers Gregor.
En vervolgens liep hij met een grimmig gezicht naar Gregor toe.
Il ne savait probablement même pas ce qu'il comptait faire.
Hij wist waarschijnlijk zelf niet eens wat hij van plan was.
Mais il leva néanmoins les pieds exceptionnellement haut.
Maar desondanks hief hij zijn voeten ongewoon hoog op.
Gregor était stupéfait par la taille énorme de ses bottes.
Gregor was verbaasd over de enorme afmetingen van zijn laarzen.
Mais il n'y avait vraiment pas le temps de s'extasier devant ses chaussures.
Maar er was eigenlijk geen tijd om zijn schoenen te bewonderen.

Le père avait opté pour une discipline très stricte.
De vader had besloten tot een zeer strenge discipline.
Seule la plus grande sévérité convenait à Gregor.
Alleen de zwaarste straf was op zijn plaats voor Gregor.
Il le savait dès le premier jour de sa transformation.
Hij wist dit al vanaf de eerste dag van zijn transformatie.
Il courut vers son père et s'arrêta quand celui-ci s'arrêta.
Hij rende naar zijn vader en bleef staan toen die ook stopte.
Il se précipita de nouveau vers lui lorsqu'il bougea à nouveau.
Hij snelde weer naar hem toe toen die zich opnieuw bewoog.
Le père marqua une pause, et Gregor fit de même.
De vader aarzelde even, en Gregor deed hetzelfde.
Et il se précipita de nouveau en avant dès que son père eut bougé.
En zodra zijn vader zich verplaatste, snelde hij weer naar voren.
Ils firent ainsi plusieurs fois le tour de la pièce.
Op deze manier liepen ze meerdere keren in een cirkel door de kamer.
Aucun avantage décisif n'avait encore été obtenu par qui que ce soit.
Nog niemand had een doorslaggevend voordeel behaald.
On n'aurait pas pu avoir l'impression d'une poursuite.
Men kon onmogelijk de indruk krijgen dat er sprake was van een achtervolging.
Parce que tout l'événement se déroulait beaucoup trop lentement.
Omdat het hele evenement veel te langzaam verliep.
Gregor avait décidé de rester au sol.
Gregor had besloten dat hij op de grond zou blijven.
Il aurait pu courir le long des murs et du plafond.
Hij had tegen de muren en over het plafond kunnen rennen.
Mais il ne voulait pas provoquer inutilement le père.
Maar hij wilde de vader niet onnodig provoceren.
Une telle évasion aurait pu paraître particulièrement perverse.

Zo'n ontsnapping zou bijzonder kwaadaardig hebben geleken.
**Gregor admit que cette poursuite ne pourrait pas durer
beaucoup plus longtemps.**
Gregor gaf toe dat deze achtervolging niet veel langer kon
duren.
Chaque étape nécessitait une myriade de mouvements.
Elke stap vereiste een veelheid aan bewegingen.
Il commençait déjà à avoir le souffle court.
Hij begon al last te krijgen van kortademigheid.
**Même avant cela, il n'avait jamais eu des poumons
totalement fiables.**
Ook voorheen had hij nooit volledig betrouwbare longen.
**Il avançait en titubant, économisant ses forces pour la
course.**
Hij strompelde voort en spaarde zijn krachten voor het
hardlopen.
Il était si fatigué qu'il avait du mal à garder les yeux ouverts.
Hij was zo moe dat hij zijn ogen nauwelijks open kon houden.
**Ses pensées étaient devenues trop lentes pour qu'il puisse
envisager d'autres solutions.**
Zijn gedachten werden te traag om nog aan andere
ontsnappingsmogelijkheden te denken.
Il avait presque oublié que les murs étaient à sa disposition.
Hij was bijna vergeten dat hij de muren tot zijn beschikking
had.
**Mais les murs étaient de toute façon dissimulés derrière des
meubles.**
Maar de muren waren sowieso achter meubels verborgen.
Et les meubles avaient trop d'encoches et de saillies.
En het meubilair had te veel inkepingen en uitsteeksels.
Et puis, juste à côté de lui, en roulant, il y avait une pomme.
En toen, vlak naast hem, lag er een appel te rollen.
Il réalisa que la pomme avait dû lui être lancée.
De appel moet naar hem gegooid zijn, besefte hij.
**Mais il n'eut pas le temps de réfléchir qu'une autre pomme
arriva.**

Maar hij had geen tijd om na te denken voordat er weer een appel kwam.

Gregor resta figé, sous le choc de la nouvelle stratégie de son père.

Gregor verstijfde van schrik door de nieuwe strategie van zijn vader.

Il ne pouvait plus rien gagner à essayer de fuir.

Hij had er niets meer aan om te proberen weg te rennen.

Le père avait décidé de le bombarder de fruits.

De vader had besloten hem te overladen met fruit.

Il avait rempli ses poches avec les fruits du bol de la cuisine.

Hij had zijn zakken gevuld met fruit uit de fruitschaal in de keuken.

Sans viser particulièrement, il lançait pomme après pomme.

Zonder specifiek doel te treffen, gooide hij de ene appel na de andere.

Ces petites pommes rouges roulaient sur le sol.

Deze kleine rode appeltjes rolden over de grond.

Comme électrifiées, les pommes se heurtèrent les unes aux autres.

Alsof ze onder stroom stonden, botsten de appels tegen elkaar aan.

Une des pommes, lancée mollement, a effleuré le dos de Gregor.

Een van de zwak gegooide appels raakte Gregors rug.

Heureusement pour lui, la pomme a glissé sans le blesser.

Gelukkig voor hem gleed die appel er ongedeerd af.

Cependant, la pomme lancée ensuite était plus précise.

De appel die daarna werd gegooid, was echter nauwkeuriger.

Et cette pomme s'est logée profondément dans le dos de Gregor.

En deze appel boorde zich diep in Gregors rug.

Gregor voulait s'éloigner de la douleur.

Gregor wilde zich losrukken van de pijn.

Peut-être pourrait-on échapper à cette nouvelle douleur inimaginable.

Misschien is er wel een manier om aan deze nieuwe, onvoorstelbare pijn te ontsnappen.

Un changement d'endroit pourrait peut-être soulager son supplice.

Misschien zou een verandering van locatie zijn lijden verlichten.

Mais il avait l'impression d'être cloué au sol.

Maar hij had het gevoel alsof hij aan de vloer vastgenageld was.

Il s'étira, mais seulement à cause de sa confusion.

Hij strekte zich uit, maar alleen omdat hij in de war was.

Ce n'est qu'à son dernier regard qu'il vit la porte s'ouvrir.

Pas bij zijn laatste blik zag hij de deur opengaan.

La mère s'est précipitée devant sa sœur qui hurlait.

De moeder snelde naar buiten, voor haar gillende zus.

Sa sœur l'avait déshabillée, elle était donc encore en chemise.

De zus had haar uitgekleed, dus ze stond nu in haar hemd.

Elle avait besoin de respirer pendant son inconscience.

Ze had even ademruimte nodig gehad tijdens haar bewusteloosheid.

Il voyait encore la mère courir vers le père.

Hij zag nog steeds hoe de moeder naar de vader toe rende.

Ses jupes glissèrent au sol, l'une après l'autre.

Haar rokken gleed een voor een naar de grond.

Il la vit s'approcher du père et trébucher sur sa jupe.

Hij zag haar de vader naderen en over haar rok struikelen.

L'enlaçant, elle demanda qu'on épargne la vie de Gregor.

Ze omhelsde hem en smeekte of Gregors leven gespaard mocht worden.

En parfaite harmonie avec son corps, sa vue s'est éteinte.

In volledige versmelting met zijn lichaam liet zijn gezichtsvermogen hem in de steek.

Troisième partie
Deel drie

Gregor a souffert de cette grave blessure pendant plus d'un mois.
Gregor heeft meer dan een maand lang ernstig letsel opgelopen.
La pomme restait incrustée ; personne n'osait l'enlever.
De appel bleef vastzitten; niemand durfde hem eruit te halen.
La pomme restait plantée dans sa chair comme un rappel visible.
De appel bleef in zijn vlees achter als een zichtbare herinnering.
Mais la pomme servait aussi de rappel au père.
Maar de appel diende ook als een herinnering voor de vader.
Il comprit que Gregor ne devait pas être traité comme un ennemi.
Hij besefte dat Gregor niet als een vijand behandeld moest worden.
Actuellement, son apparence pourrait être triste et repoussante.
Momenteel kan zijn uiterlijk treurig en walgelijk zijn.
Mais il restait néanmoins un membre de leur famille.
Maar desondanks bleef hij deel uitmaken van hun familie.
Il a fallu accepter et tolérer cette réticence.
De tegenzin moest worden ingeslikt en verdragen.
En raison de sa blessure, il risque fort de perdre sa mobilité à jamais.
Door zijn verwonding is de kans groot dat hij voorgoed zijn mobiliteit verliest.
Il continuait à ramper dans sa chambre, mais beaucoup plus lentement.
Hij kroop nog steeds rond in zijn kamer, maar veel langzamer.
Ramper à une quelconque hauteur était hors de question.
Kruipen op welke hoogte dan ook was uitgesloten.
Mais Gregor a bien reçu une forme de compensation.
Maar Gregor ontving wel een vorm van compensatie.

Le soir, la porte du salon lui fut ouverte.
's Avonds werd de deur van de woonkamer voor hem
geopend.
**Et il estimait que ces réparations étaient tout à fait
adéquates.**
En hij vond dat deze schadevergoedingen volkomen
toereikend waren.
Avant le soir, il avait déjà commencé à surveiller la porte.
Voordat het avond werd, hield hij de deur al in de gaten.
Il était allongé dans l'obscurité, invisible depuis le salon.
Hij lag in het donker, onzichtbaar vanuit de woonkamer.
Il pouvait voir toute la famille à la table illuminée.
Hij kon het hele gezin aan de verlichte tafel zien zitten.
Il était désormais autorisé à écouter leurs conversations.
Hij mocht nu naar hun gesprekken luisteren.
C'était très différent de leur arrangement précédent.
Dit was heel anders dan hun vorige afspraak.
Les conversations animées d'autrefois étaient terminées.
De levendige gesprekken van vroeger waren voorbij.
C'étaient ces conversations qu'il désirait tant.
Dit waren de gesprekken waar hij zo naar verlangde.
Lorsqu'il dormait seul dans de petites chambres d'hôtel.
Toen hij alleen sliep in kleine hotelkamers.
Quand il a dû se jeter dans les draps humides.
Toen hij zich in het vochtige beddengoed moest werpen.
**Mais les soirées étaient désormais généralement calmes et
sans incident.**
Maar de avonden waren nu meestal rustig en zonder
noemenswaardige gebeurtenissen.
Le père s'est endormi dans son fauteuil après le dîner.
De vader viel na het eten in slaap in zijn fauteuil.
Et la mère et la sœur s'exhortaient mutuellement à se taire.
En de moeder en de zus maanden elkaar tot stilte.
La mère, penchée très haut sur la lampe, cousait du lin.
De moeder, die ver over de lamp heen gebogen stond, naaide
linnen.

Elle confectionne maintenant des robes pour l'un des magasins de mode.
Ze maakt nu jurken voor een van de modezaken.
Comme Gregor, sa sœur avait trouvé un emploi de vendeuse.
Net als Gregor had de zus een baan als verkoopster aangenomen.
Elle apprenait la sténographie et le français le soir.
's Avonds leerde ze steno en Frans.
Afin qu'elle puisse peut-être obtenir un meilleur poste plus tard.
Zodat ze later misschien een betere baan zou kunnen krijgen.
Parfois, le père se réveillait de sa sieste du soir.
Soms werd de vader wakker uit zijn middagdutje.
« Chérie, tu as déjà cousu tellement longtemps aujourd'hui ! »
"Lieverd, je bent vandaag al zo lang aan het naaien!"
Il semblait avoir oublié qu'il dormait.
Hij leek vergeten te zijn dat hij had geslapen.
Mais il retombait aussitôt dans son sommeil.
Maar hij viel onmiddellijk weer in slaap.
Et la mère et la sœur s'échangèrent un sourire las.
En de moeder en zus glimlachten vermoeid naar elkaar.
Le père avait développé une étrange nouvelle obstination.
De vader had een vreemde, nieuwe koppigheid ontwikkeld.
Même chez lui, il refusait d'enlever son uniforme de domestique.
Zelfs thuis weigerde hij zijn dienstuniform uit te trekken.
Et son peignoir pendait inutilement sur le cintre.
En zijn ochtendjas hing nutteloos aan de hanger.
Le père dormit donc, tout habillé, dans son fauteuil.
De vader sliep dus, volledig aangekleed, in zijn fauteuil.
C'était comme s'il était toujours prêt à rendre service.
Het was alsof hij altijd klaarstond om zijn diensten aan te bieden.
Comme s'il attendait simplement la voix de son supérieur.
Alsof hij alleen maar wachtte op de stem van zijn meerdere.

Cela a eu pour conséquence que son uniforme a perdu sa propreté.

Hierdoor raakte zijn uniform ontsierd.

Bien que l'uniforme ne fût pas neuf lorsqu'il l'a reçu.

Hoewel het uniform ook niet nieuw was toen hij het kreeg.

Et la mère faisait de son mieux pour prendre soin de l'uniforme.

En de moeder deed haar best om voor het uniform te zorgen.

Gregor passait des soirées entières à contempler cet uniforme.

Gregor bracht hele avonden door met het bestuderen van dit uniform.

Il observa le vieil homme dormir très mal.

Hij keek toe hoe de oude man zeer ongemakkelijk sliep.

Mais dans son sommeil, il remarqua aussi quelque chose de paisible.

Maar tijdens zijn slaap merkte hij ook iets vredigs op.

Lorsque l'horloge a sonné dix heures, la mère a essayé de le réveiller.

Toen de klok tien uur sloeg, probeerde de moeder hem wakker te maken.

Elle lui parla doucement et le persuada d'aller se coucher.

Ze sprak zachtjes en haalde hem over om naar bed te gaan.

Parce que dormir sur un fauteuil, ce n'était pas du vrai sommeil.

Want slapen in de fauteuil was geen echte slaap.

Il allait devoir commencer à travailler à six heures.

Hij moest om zes uur beginnen met werken.

Il avait donc vraiment besoin de dormir le mieux possible.

Hij moest dus echt zo goed mogelijk slapen.

Mais il était pris d'une nouvelle forme d'obstination.

Maar hij was in de greep geraakt van een nieuwe vorm van koppigheid.

Le fait de devenir serviteur avait commencé à avoir cet effet sur lui.

Het feit dat hij dienstknecht was geworden, begon dit effect op hem te hebben.

Il insistait donc toujours pour rester plus longtemps à table.
Daarom stond hij er altijd op om langer aan tafel te blijven zitten.
Bien qu'il se rendormît régulièrement dans son fauteuil.
Hoewel hij regelmatig weer in slaap viel in zijn stoel.
Et il ne pouvait être déplacé qu'avec la plus grande difficulté.
En hij kon alleen met de grootste moeite in beweging worden gebracht.
Il a fallu lui dire que ce lit lui conviendrait mieux.
Hem moest verteld worden dat het bed beter voor hem zou zijn.
La mère et la sœur ont dû insister, malgré quelques avertissements.
Moeder en zus moesten aandringen, ondanks enkele waarschuwingen.
Pendant quinze minutes, il se contenta de secouer lentement la tête.
Vijftien minuten lang schudde hij alleen maar langzaam zijn hoofd.
Et il garda les yeux fermés et refusa de se lever.
Hij hield zijn ogen gesloten en weigerde op te staan.
La mère tira doucemît, mais fermement, sur sa manche.
De moeder trok zachtjes, maar vastberaden, aan zijn mouw.
Et elle lui murmurait des mots flatteurs à l'oreille, encore fatiguée.
En ze fluisterde vleiende woorden in zijn vermoeide oren.
La sœur a interrompu sa tâche pour aider sa mère.
De zus onderbrak haar werk om haar moeder te helpen.
Mais aucun de leurs efforts n'a fonctionné sur le père.
Maar geen van hun pogingen had effect op de vader.
Il s'enfonça encore plus profondément dans son fauteuil, prêt à dormir.
Hij zakte nog dieper weg in zijn stoel, klaar om te slapen.
Et finalement, les femmes l'ont attrapé sous les aisselles.
En uiteindelijk grepen de vrouwen hem onder zijn oksels.
Il ouvrit les yeux et les regarda tour à tour.

Hij opende zijn ogen en keek er afwisselend naar.

« Quelle vie ! » se plaignit-il en allant se coucher.

"Wat een leven toch," klaagde hij voordat hij naar bed ging.

« Est-ce là la paix qui m'a été accordée dans ma vieillesse ? »

"Is dit de rust die mij op mijn oude dag geschonken is?"

Mais alors, s'appuyant sur les deux femmes, il se leva maladroitement.

Maar toen, leunend op de twee vrouwen, stond hij onhandig op.

Il agissait comme s'il portait le fardeau le plus lourd.

Hij deed alsof hij de zwaarste last droeg.

Il laissa les deux femmes le conduire au fond de la pièce.

Hij liet zich door de twee vrouwen naar het einde van de kamer leiden.

Là, il leur souhaita bonne nuit et poursuivit son chemin seul.

Daar wenste hij hen welterusten en vervolgde zijn weg alleen.

Mais la mère jeta précipitamment son nécessaire à couture.

Maar de moeder gooide haastig haar naaigerei neer.

Et la sœur posa elle aussi le stylo et le bloc-notes.

En ook de zus legde de pen en het notitieblok neer.

Et ils coururent derrière le père pour l'aider davantage.

En ze renden achter de vader aan om hem verder te helpen.

Qui, dans cette famille surmenée, avait du temps à consacrer à Gregor ?

Wie in dit overwerkte gezin had er tijd voor Gregor?

Qui aurait pu lui accorder plus d'attention que nécessaire ?

Wie zou hem meer aandacht hebben kunnen geven dan nodig was?

Le budget des ménages est devenu de plus en plus restreint.

Het huishoudbudget werd steeds krapper.

Finalement, pour faire des économies, ils ont dû licencier la bonne.

Uiteindelijk moesten ze, om geld te besparen, de huishoudster ontslaan.

Elle fut remplacée par une femme à la carrure imposante et aux cheveux blancs.

Ze werd vervangen door een stevig gebouwde vrouw met wit haar.

Mais cette femme ne venait que le matin et le soir.

Maar deze vrouw kwam alleen 's ochtends en 's avonds.

Et tout le travail le plus lourd et le plus pénible lui avait été réservé.

Al het zwaarste en moeilijkste werk was voor haar bewaard.

Toutes les autres tâches ménagères étaient prises en charge par la mère.

Alle andere klusjes werden door de moeder gedaan.

Il est même arrivé que plusieurs bijoux de famille soient vendus.

Het is zelfs voorgekomen dat diverse familiejewelen werden verkocht.

Des bijoux que les femmes avaient portés avec joie lors des festivités.

Sieraden die de vrouwen met plezier droegen tijdens feestelijkheden.

Gregor a appris cela lors d'une discussion générale.

Gregor vernam dit tijdens een van de algemene discussies.

Le principal grief, cependant, portait sur autre chose.

De grootste klacht betrof echter iets anders.

L'appartement était trop grand, mais ils ne pouvaient pas déménager.

Het appartement was te groot, maar ze konden er niet uit verhuizen.

Il était impossible de déplacer Gregor.

Het was onmogelijk dat ze Gregor hadden kunnen verplaatsen.

Mais Gregor comprit que ce n'était pas seulement une question de considération.

Maar Gregor besefte dat het niet alleen om attentie ging.

Quelque chose d'autre les a empêchés de déménager ailleurs.

Iets anders belette hen om ergens anders heen te gaan.

Il aurait facilement pu être transporté dans une caisse appropriée.

Hij had gemakkelijk in een geschikte kist vervoerd kunnen worden.

Leur sentiment de désespoir total les a paralysés.

Hun gevoel van volkomen hopeloosheid hield hen tegen.

Ils ne voulaient pas admettre que le malheur les avait frappés.

Ze wilden niet toegeven dat ze door tegenspoed getroffen waren.

Ils ont accompli ce que le monde exige des pauvres.

Wat de wereld van arme mensen eist, voldeden zij.

Le père a apporté le petit déjeuner au jeune employé de banque.

De vader haalde het ontbijt voor de kleine bankbediende.

La mère s'est sacrifiée pour laver le linge d'inconnus.

De moeder offerde zichzelf op voor de was van vreemden.

La sœur faisait des allers-retours pour prendre les commandes des clients.

De zus rende heen en weer om de bestellingen van de klanten op te nemen.

Mais ils n'avaient tout simplement plus la force d'en faire plus.

Maar ze hadden gewoonweg de kracht niet meer om verder te gaan.

La blessure dans le dos de Gregor commença à le faire encore plus souffrir.

De wond op Gregors rug begon steeds meer pijn te doen.

Chaque soir, la mère et la sœur amenaient le père au lit.

Elke avond brachten moeder en zus de vader naar bed.

Ils laissèrent leur travail où il était et s'assirent ensemble.

Ze lieten hun werk liggen en gingen bij elkaar zitten.

Ils se rapprochèrent et s'assirent joue contre joue.

En ze schoven dichter naar elkaar toe en gingen wang aan wang zitten.

La mère désigna la pièce d'où il observait.

De moeder wees naar de kamer van waaruit hij toekeek.

« Pourriez-vous fermer la porte ? » demanda-t-elle à sa sœur.

'Zou je de deur willen sluiten?', vroeg ze aan haar zus.

Et Gregor se retrouva de nouveau seul dans le noir.
En toen bleef Gregor weer alleen achter in het donker.
Et dans la pièce voisine, la femme mêla leurs larmes.
En in de kamer ernaast vermengde de vrouw hun tranen.
Ou bien ils restaient assis, les yeux secs, fixant simplement la table.
Of ze zaten met droge ogen, slechts starend naar de tafel.
Gregor ne dormait pratiquement pas, ni la nuit ni le jour.
Gregor sliep vrijwel nooit, noch overdag noch 's nachts.
Il réfléchissait souvent à la façon dont il pourrait aider sa famille.
Hij dacht vaak na over hoe hij het gezin kon helpen.
Il songea à gagner à nouveau de l'argent pour eux.
Hij dacht erover na hoe hij het geld weer voor hen kon verdienen.
Il songea à faire ce qu'il faisait autrefois pour eux.
Hij dacht eraan om weer te doen wat hij vroeger voor hen deed.
Le représentant autorisé lui revint dans ses pensées.
In zijn gedachten keerde de gemachtigde terug.
Et cette fois, le patron est également venu à l'appartement.
En deze keer kwam de baas ook naar het appartement.
Et les commis et les apprentis étaient là aussi.
En de klerken en de leerlingen waren er ook.
Même le domestique un peu simplet est venu le voir.
Zelfs de traag van begrip zijnde kantoorbediende kwam hem opzoeken.
Il y avait deux ou trois amis d'autres entreprises.
Er waren twee of drie vrienden van andere bedrijven.
Une des femmes de chambre d'un hôtel de province.
Een van de kamermeisjes van een hotel in de provincie.
Un souvenir précieux et fugace auquel il s'efforçait de s'accrocher.
Een dierbare, maar vluchtige herinnering waaraan hij krampachtig probeerde vast te houden.
Une caissière d'une chapellerie pour laquelle il avait des intentions.

Een kassier van een hoedenwinkel op wie hij verliefd was.
Mais il avait été un peu trop lent à obtenir son approbation.
Maar hij was iets te laat geweest om haar goedkeuring te winnen.
Ils lui apparurent tous, mêlés à des inconnus.
Ze doken allemaal op in zijn gedachten, vermengd met vreemden.
Et d'autres n'apparurent pas ; ils étaient déjà oubliés.
En anderen verschenen niet; ze waren alweer vergeten.
Mais ils ne l'ont pas aidé, ni lui, ni sa famille.
Maar ze hielpen hem niet, en ze hielpen het gezin ook niet.
Ils étaient inaccessibles, et il était content quand ils sont partis.
Ze waren onbereikbaar, en hij was blij toen ze vertrokken.
Il n'était pas toujours d'humeur à se soucier de sa famille.
Hij had niet altijd zin om zich zorgen te maken over het gezin.
Et il était rempli de rage à cause de ce manque d'attention.
En hij was woedend door het gebrek aan aandacht.
Et il ne pouvait imaginer rien qui puisse lui faire envie.
En hij kon zich niets voorstellen waar hij trek in had.
Mais il avait tout de même prévu de cambrioler le garde-manger.
Maar hij bleef plannen maken om in de voorraadkast in te breken.
Et il allait prendre tout ce qui lui était dû.
En hij zou alles krijgen wat hem toekwam.
Sa sœur ne faisait plus aucun effort particulier pour lui.
Zijn zus deed niet langer haar best voor hem.
Elle ne consacrait plus de temps à chercher à lui plaire.
Ze besteedde geen tijd meer aan de vraag hoe ze hem tevreden kon stellen.
Avant d'aller travailler, elle a rapidement glissé de la nourriture dans la pièce.
Voordat ze naar haar werk ging, schoof ze snel wat eten de kamer in.
Et le soir venu, elle a rapidement ramassé les restes.
En 's avonds veegde ze het eten snel weer bij elkaar.

Elle ne faisait plus attention à savoir s'il avait mangé ou non.
Of hij gegeten had of niet, merkte ze niet meer.
Le plus souvent, la nourriture restait intacte.
Tegenwoordig werd het eten meestal onaangeroerd gelaten.
Elle continuait de traverser la pièce rapidement le soir.
's Avonds liep ze nog steeds snel door de kamer.
Mais maintenant, elle se contentait du strict minimum, aussi vite que possible.
Maar nu deed ze het absolute minimum, zo snel mogelijk.
Des traînées de saleté jonchaient les murs.
Er waren sporen van vuil achtergebleven op de muren.
Des boules de poussière et de détritus jonchaient le sol.
Er lagen overal stof- en afvalhopen op de vloer.
Gregor manifesta son désapprobation face à son manque d'attention.
Gregor liet zijn afkeuring blijken over haar gebrek aan zorg.
Il se tourna selon un angle particulièrement significatif.
Hij draaide zich in een bijzonder opvallende hoek.
Mais il aurait pu rester à ce poste pendant des semaines.
Maar hij had wekenlang in die positie kunnen blijven.
Sa sœur n'aurait pas remarqué son mécontentement.
Zijn zus zou zijn ontevredenheid niet hebben opgemerkt.
Elle voyait la saleté aussi bien que lui, voire mieux.
Ze zag het vuil net zo goed als hij, zo niet beter.
Mais elle avait décidé de laisser la saleté où elle était.
Maar ze had besloten het vuil te laten liggen waar het was.
À cette époque, elle a développé une sensibilité totalement nouvelle.
Destijds ontwikkelde ze een compleet nieuwe gevoeligheid.
Elle s'était donné pour mission de nettoyer la chambre de Gregor.
Ze had het schoonmaken van Gregors kamer tot haar taak gemaakt.
La famille a été touchée par sa gentillesse et sa prévenance.
De familie was ontroerd door haar vriendelijke attentheid.
Une fois, sa mère avait nettoyé sa chambre de fond en comble.

Ooit had zijn moeder zijn kamer grondig schoongemaakt.
Ce n'est qu'après avoir utilisé plusieurs seaux d'eau qu'elle a réussi.
Pas na het gebruik van een paar emmers water lukte het haar.
Cependant, l'humidité nouvelle dans la pièce a nui à Gregor.
De nieuwe vochtigheid in de kamer deed Gregor echter pijn.
Et il gisait, étendu de tout son long, amer et immobile sur le canapé.
En hij lag languit, verbitterd en roerloos op de sofa.
Mais ce n'était que sa première punition pour avoir aidé.
Maar dat was slechts haar eerste straf voor het helpen.
La sœur remarqua rapidement le changement dans la chambre de Gregor.
De zus merkte al snel de verandering in Gregors kamer op.
Et elle s'est précipitée dans le salon, extrêmement insultée.
En ze rende, zichtbaar beledigd, de woonkamer in.
Sa mère leva les mains et tenta de la supplier.
Haar moeder hief haar handen op en probeerde haar te smeken.
Mais malgré une explication sincère, elle a éclaté en sanglots.
Maar ondanks een oprechte uitleg barstte ze in tranen uit.
Le père, bien sûr, sursauta et se leva de sa chaise.
De vader schrok zich natuurlijk rot en viel van zijn stoel.
Et les deux parents regardaient, stupéfaits et impuissants.
En de twee ouders keken verbijsterd en machteloos toe.
Et finalement, leurs émotions s'agitèrent elles aussi.
En uiteindelijk raakten ook hun emoties in de war.
Le père a reproché à la mère ce qu'elle avait fait.
De vader verweet de moeder wat ze had gedaan.
« Tu aurais dû laisser la chambre à Grete pour qu'elle la nettoie. »
"Je had de kamer aan Grete moeten overlaten om schoon te maken."
Grete a crié sur sa mère parce qu'elle avait nettoyé sa chambre.

Grete schreeuwde tegen haar moeder omdat ze zijn kamer aan het opruimen was.

«Tu n'as plus jamais le droit de nettoyer sa chambre !»

"Je mag zijn kamer nooit meer schoonmaken!"

La mère a essayé d'entraîner le père dans la chambre.

De moeder probeerde de vader de slaapkamer in te slepen.

La sœur resta seule dans la pièce, tremblante et sanglotant.

De zus bleef trillend en snikkend achter in de kamer.

Et elle frappa la table avec ses petits poings.

En ze bonkte met haar kleine vuistjes op de tafel.

Et Gregor siffla bruyamment de colère contre eux tous.

En Gregor siste luid en boos naar hen allemaal.

Pourquoi personne n'avait-il pensé à lui fermer la porte ?

Waarom had niemand eraan gedacht de deur voor hem dicht te doen?

Ils auraient pu lui épargner ce spectacle et ce bruit.

Ze hadden hem dit schouwspel en lawaai kunnen besparen.

Sa sœur était épuisée après être rentrée du travail.

De zus was uitgeput na thuiskomst van haar werk.

Et s'occuper de Gregor représentait encore plus de travail pour elle.

En de zorg voor Gregor betekende voor haar nóg meer werk.

Mais cela ne signifie pas que la mère aurait dû le faire.

Maar dat betekende niet dat de moeder het had moeten doen.

Gregor, en revanche, ne doit pas être négligé.

Gregor daarentegen mag niet worden vergeten.

Mais maintenant, ils avaient une nouvelle bonne qui pouvait faire ce genre de choses.

Maar nu hadden ze een nieuwe dienstmeid die dat soort dingen kon doen.

Une veuve âgée à la charpente osseuse robuste.

Een bejaarde weduwe met een robuuste botstructuur.

Une stature qui l'a aidée à survivre à sa vie difficile.

Een lichaamsbouw die haar hielp haar moeilijke leven te doorstaan.

L'apparence de Gregor ne lui déplaisait pas vraiment.

Ze had geen echte afkeer van Gregors uiterlijk.

Elle avait ouvert la porte de la chambre de Gregor par inadvertance.

Ze had per ongeluk de deur naar Gregors kamer geopend.

Ce n'était pas par curiosité particulière à propos de la pièce.

Het was niet uit bijzondere nieuwsgierigheid naar de kamer.

Elle faisait simplement son travail et a ouvert la porte par hasard.

Ze deed gewoon haar werk en opende toevallig de deur.

Gregor, bien sûr, fut complètement surpris par elle.

Gregor was uiteraard totaal verrast door haar.

Il n'était pas poursuivi, mais il courait d'avant en arrière.

Hij werd niet achtervolgd, maar hij rende heen en weer.

Elle croisa simplement les bras et le regarda ramper.

En ze sloeg haar armen over elkaar en keek toe hoe hij kroop.

Depuis lors, elle lui entrouvrait toujours un peu la porte.

Sindsdien deed ze de deur altijd een klein beetje voor hem open.

Un matin, elle a jeté un coup d'œil pour voir comment il allait.

's Ochtends ging ze even kijken hoe het met hem ging.

Et le soir, elle est allée prendre de ses nouvelles avant de partir.

's Avonds ging ze nog even bij hem kijken voordat ze wegging.

Au début, elle a aussi essayé de l'appeler pour qu'il vienne la rejoindre.

Aanvankelijk probeerde ze hem ook te roepen om naar haar toe te komen.

« Viens par ici, vieux bousier ! » disait-elle.

"Kom eens hier, oude mestkever!" zei ze altijd.

Ou bien elle disait, amicalement : « Regardez ce vieux bousier ! »

Of ze zei: "Kijk eens naar die oude mestkever!", heel vriendelijk.

Gregor n'a jamais réagi lorsqu'on lui parlait de cette façon.

Gregor reageerde nooit positief op die manier aangesproken worden.

Il resta là, immobile, et l'ignora.

Hij bleef daar staan, zonder te bewegen, en negeerde haar.

« Si seulement on lui avait expliqué comment faire correctement son travail. »

"Als ze maar te horen had gekregen hoe ze haar werk goed moest doen."

« Au lieu de me déranger, elle devrait nettoyer ma chambre. »

"In plaats van mij lastig te vallen, zou ze mijn kamer moeten schoonmaken."

Tôt le matin, une forte pluie a frappé les fenêtres.

Op een ochtend, vroeg in de ochtend, kletterde een hevige regenbui tegen de ramen.

Peut-être la pluie était-elle déjà un signe du printemps à venir.

Misschien was de regen al een teken van de naderende lente.

La bonne recommença à lui parler de cette façon.

De dienstmeid begon weer op die manier tegen hem te spreken.

Gregor était tellement amer qu'il se tourna vers elle.

Gregor was zo verbitterd dat hij zich naar haar omdraaide.

Il était lent et infirme, mais c'était une sorte d'attaque.

Hij was traag en zwak, maar het was een soort aanval.

La bonne, en revanche, n'avait absolument pas peur de Gregor.

Het dienstmeisje was echter helemaal niet bang voor Gregor.

Au lieu de cela, elle souleva une chaise qui se trouvait près de la porte.

In plaats daarvan pakte ze een stoel die vlak bij de deur stond.

Et elle resta là, calmement, la bouche grande ouverte.

En ze stond daar, kalm, met haar mond wijd open.

Ses intentions étaient claires, même Gregor pouvait le voir.

Haar bedoelingen waren duidelijk, zelfs Gregor kon dat zien.

Et il se retourna lentement pour reprendre sa position initiale.

En hij draaide zich langzaam om naar zijn oorspronkelijke positie.

« Donc vous ne voulez pas vous approcher davantage, n'est-ce pas ? »

"Dus je wilt niet dichterbij komen, hè?"

Et elle remit discrètement la chaise dans le coin.

En ze zette de stoel rustig terug in de hoek.

Gregor ne mangeait presque plus rien.

Gregor at vrijwel niets meer.

Parfois, lors de ses promenades dans la pièce, il s'arrêtait.

Soms, tijdens zijn wandelingen door de kamer, bleef hij staan.

Et il se retrouva à côté du repas qui lui avait été préparé.

En hij bevond zich naast het eten dat voor hem was klaargemaakt.

Il mit la nourriture dans sa bouche, mais seulement pour jouer avec.

Hij stopte het eten in zijn mond, maar alleen om ermee te spelen.

Et bien souvent, il le recrachait quelques heures plus tard.

En vaak spuugde hij het na een paar uur weer uit.

Il essaya de trouver une raison à son manque d'appétit.

Hij probeerde een reden te vinden voor zijn gebrek aan eetlust.

Peut-être parce qu'il était triste de l'état de sa chambre.

Misschien omdat hij verdrietig was over de staat van zijn kamer.

Mais il s'était fait à l'idée des changements survenus dans la pièce.

Maar hij had zich neergelegd bij de veranderingen in de kamer.

Récemment, sa chambre était devenue une sorte de débarras.

De laatste tijd was zijn kamer een soort opslagruimte geworden.

Ils avaient pris l'habitude de laisser des choses là.

Ze hadden er een gewoonte van gemaakt om dingen daar achter te laten.

Et il restait maintenant beaucoup de choses de ce genre dans sa chambre.

En er lagen nu nog veel van zulke dingen in zijn kamer.

Parce qu'une chambre de l'appartement avait été louée.

Omdat één kamer van het appartement was verhuurd.

Trois messieurs sérieux louaient la chambre ensemble.

Drie serieuze heren huurden samen de kamer.

Gregor les avait aperçus un jour à travers une fente dans la porte.

Gregor had ze eens door een kier in de deur gezien.

Ils portaient des barbes fournies et étaient habillés avec un soin méticuleux.

Ze hadden volle baarden en waren zeer zorgvuldig gekleed.

Ils étaient scrupuleux quant à la propreté des lieux.

Ze waren zeer nauwgezet in het netjes houden van alles.

Leur obsession pour la propreté ne s'arrêtait pas à leur chambre.

Hun aandrang tot netheid beperkte zich niet tot hun kamer.

L'appartement entier devait être maintenu d'une propreté impeccable.

Het hele appartement moest brandschoon zijn.

Ils étaient encore plus pointilleux sur l'apparence de la cuisine.

Ze waren nog kieskeuriger over hoe de keuken eruitzag.

Et ils ne supportaient aucun encombrement inutile.

En ze konden geen onnodige rommel verdragen.

Ils avaient également apporté leurs propres meubles.

Ze hadden ook hun eigen meubels meegenomen.

C'est pourquoi beaucoup de choses étaient devenues superflues.

Daarom waren veel dingen overbodig geworden.

C'étaient des choses pour lesquelles personne n'aurait payé.

Het waren dingen waar niemand geld voor wilde betalen.

Mais la famille ne voulait pas non plus se débarrasser de ces objets.

Maar de familie wilde deze spullen ook niet weggooien.

Tous ces objets ont fini quelque part dans la chambre de Gregor.

Al deze spullen zijn ergens in Gregors kamer terechtgekomen.

Le cendrier de la cuisine se trouvait désormais dans sa chambre.

De asbak uit de keuken stond nu in zijn kamer.

Et les ordures étaient entreposées dans sa chambre jusqu'au jour de la collecte.

En het afval werd in zijn kamer bewaard tot de vuilnisophaaldag.

La bonne a jeté dans sa chambre tout ce dont elle n'avait pas besoin.

De dienstmeid gooide alles wat ze niet nodig had in zijn kamer.

Heureusement, il n'a vu que la main et l'objet.

Gelukkig zag hij niet meer dan de hand en het voorwerp.

Elle comptait probablement revenir chercher les affaires plus tard.

Ze was waarschijnlijk van plan om de spullen later nog eens op te halen.

Ou peut-être voulait-elle tout jeter d'un coup.

Of misschien wilde ze alles in één keer weggooien.

Cependant, tout est resté là où il s'était initialement posé.

Alles bleef echter op de plek waar het was terechtgekomen.

À moins que Gregor n'ait déplacé les débris en se faufilant à travers.

Tenzij Gregor de rommel verplaatste door erdoorheen te wurmen.

Au début, il a été obligé de ramper à travers tous les détritus.

Aanvankelijk moest hij zich door al het afval heen kruipen.

Il lui était impossible d'éviter cela.

Hij had geen enkele mogelijkheid om dat te vermijden.

Mais plus tard, il a finalement trouvé du plaisir dans cette activité.

Maar later vond hij juist plezier in deze bezigheid.

Bien que ces efforts l'aient laissé triste et profondément fatigué.

Hoewel die inspanning hem verdrietig en diep vermoeid maakte.

Et ensuite, il est resté incapable de bouger pendant de nombreuses heures.
En daarna kon hij zich urenlang niet bewegen.
Les locataires prenaient parfois leurs repas dans le salon.
De kostgangers nuttigden hun maaltijd soms in de woonkamer.
La porte du salon restait fermée ces soirs-là.
De deur van de woonkamer bleef die avonden gesloten.
Mais Gregor n'avait aucune difficulté à ne pas ouvrir la porte à présent.
Maar Gregor had er geen moeite mee om de deur nu niet open te doen.
Même lorsque la porte était ouverte, il ne regardait pas toujours dehors.
Zelfs als de deur openstond, keek hij niet altijd naar buiten.
Mais il s'allongea dans le coin le plus sombre de la pièce.
Maar hij ging in de donkerste hoek van de kamer liggen.
La famille n'a pas non plus remarqué son manque d'attention.
Ook de familie merkte zijn gebrek aan aandacht niet op.
Mais une fois, la bonne a laissé la porte ouverte.
Maar er was één keer dat de dienstmeid de deur open liet staan.
La porte est restée ouverte même au retour des locataires.
De deur bleef openstaan, zelfs toen de huurders terugkeerden.
Et la porte était ouverte quand la lumière a été allumée.
De deur stond open toen het licht werd aangezet.
L'homme était assis à la table où la famille dînait.
De man zat aan de tafel waar het gezin dineerde.
Autrefois, père, mère et Gregor étaient assis là.
Vader, moeder en Gregor zaten daar vroeger.
Ils déplièrent les serviettes et prirent des couteaux et des fourchettes.
Ze vouwden de servetten open en pakten messen en vorken.
La mère apparut sur le seuil avec un bol de viande.
De moeder verscheen in de deuropening met een kom vlees.

Puis sa sœur est entrée avec un bol plein de pommes de terre.
Toen kwam de zus binnen met een kom vol aardappelen.
Les locataires se penchèrent sur les bols placés devant eux.
De logés bogen zich over de kommen die voor hen stonden.
L'épaisse fumée des aliments leur montait jusqu'au nez.
De dikke rook van het eten steeg op tot aan hun neuzen.
Mais ils n'avaient pas encore décidé s'ils allaient manger.
Maar ze hadden nog niet besloten of ze het eten zouden opeten.
Peut-être renverraient-ils le plat en cuisine.
Misschien zouden ze de maaltijd terugsturen naar de keuken.
L'homme assis au milieu semblait être l'autorité.
De man die in het midden zat, leek de autoriteit te zijn.
Il a coupé la viande pour déterminer si elle était suffisamment tendre.
Hij sneed het vlees aan om te bepalen of het mals genoeg was.
Il était satisfait de l'odeur et de l'apparence des aliments.
Hij was tevreden over hoe het eten rook en eruitzag.
La mère et la sœur les observaient avec anxiété.
De moeder en zus hadden hen bezorgd gadegeslagen.
Et ils commencèrent à sourire, poussant un soupir de soulagement accumulé.
En ze begonnen te glimlachen, opgelucht ademhalend.
La famille allait elle-même manger dans la cuisine.
Het gezin zou zelf in de keuken gaan eten.
Mais avant cela, le père alla voir comment allaient les locataires.
Maar eerst ging de vader poolshoogte nemen bij de huurders.
Il s'inclina une fois, tenant sa casquette de travail à la main.
Hij maakte een buiging en hield zijn pet van het werk in zijn hand.
Et il fit le tour de la table, saluant chaque invité.
En hij liep in een cirkel rond de tafel, langs elke gast.
Les locataires se levèrent tous en marmonnant dans leur barbe.

De huurders stonden allemaal op en mompelden in hun baarden.

Après son départ, ils mangèrent dans un silence presque complet.

Nadat hij vertrokken was, aten ze in vrijwel volledige stilte.

Gregor trouvait étrange d'entendre des bruits de mastication.

Gregor vond het vreemd dat hij kauwgeluiden kon horen.

Aucun autre aspect du repas ne semblait produire le moindre son.

Geen enkel ander aspect van het eten leek enig geluid te maken.

Mais il pouvait distinctement entendre des dents grincer.

Maar hij kon duidelijk het geknars van tanden horen.

Ils semblaient lui dire qu'il avait besoin de dents pour manger.

Het leek alsof ze hem wilden vertellen dat hij tanden nodig had om te kunnen eten.

« On ne peut rien faire si on n'a plus de dents dans la mâchoire. »

"Je kunt niets doen als je geen tanden in je kaken hebt."

« J'aimerais manger quelque chose », dit Gregor avec anxiété.

"Ik zou graag iets willen eten," zei Gregor ongeduldig.

« Mais je n'ai aucun appétit pour ce que vous mangez tous. »

"Maar ik heb geen trek in wat jullie allemaal eten."

« Regardez ces locataires manger, et moi je meurs de faim. »

"Kijk eens hoe deze kostgangers eten, en ik zit hier te verhongeren."

Ce soir-là, Gregor pensait justement au violon.

Die avond moest Gregor toevallig aan de viool denken.

Il n'avait plus entendu le violon depuis la transformation.

Hij had de viool niet meer gehoord sinds de transformatie.

Mais ce soir-là, un bruit est venu de la cuisine.

Maar vanavond kwam er een geluid uit de keuken.

Les messieurs avaient déjà terminé leur repas du soir.

De heren hadden hun avondmaaltijd al achter de rug.

L'homme du milieu avait commencé à lire un journal.

De middelste heer was begonnen met het lezen van een krant.

Il avait donné une feuille à chacun des deux autres messieurs.

Hij had de andere twee heren elk een vel papier gegeven.

Et maintenant, ils étaient affalés en arrière, en train de lire et de fumer.

En nu zaten ze achterover, te lezen en te roken.

Lorsque le violon commença à jouer, ils devinrent attentifs.

Toen de viool begon te spelen, spitsten ze hun oren.

Ils se levèrent et marchèrent sur la pointe des pieds jusqu'à la porte de l'antichambre.

Ze stonden op en liepen op hun tenen naar de deur van de voorkamer.

Ils se tenaient là, blottis les uns contre les autres, écoutant à la porte.

Daar stonden ze dicht bij elkaar, luisterend bij de deur.

La famille a dû entendre les hommes qui étaient dans la cuisine.

De familie moet de mannen vanuit de keuken hebben gehoord.

Car le père les appela et leur demanda :

Omdat de vader hen riep en hen vroeg;

« Le violon ne serait-il pas inconfortable pour ces messieurs ? »

"Is de viool misschien niet comfortabel voor de heren?"

« Si la musique ne vous plaît pas, on peut s'arrêter immédiatement. »

"Als je de muziek niet leuk vindt, kunnen we meteen stoppen."

« Au contraire », dit celui du milieu des messieurs.

"Integendeel," zei de middelste van de heren.

« La jeune fille aimerait-elle jouer du violon dans notre chambre ? »

"Zou de jonge dame het leuk vinden om viool te spelen in onze kamer?"

« C'est nettement plus confortable et chaleureux ici. »

"Het is hier absoluut veel comfortabeler en gezelliger."

Le père répondit comme s'il était lui-même le violoniste.
De vader antwoordde alsof hij zelf de violist was.
« Oh, je vous en prie, ce serait merveilleux », s'écria le père.
"Och, alsjeblieft, dat zou fantastisch zijn," riep de vader.
Les messieurs retournèrent au salon et attendirent.
De heren keerden terug naar de woonkamer en wachtten.
Peu après, le père entra dans la pièce avec le pupitre.
Even later kwam de vader de kamer binnen met de lessenaar.
La mère entra dans la pièce avec le livre de musique.
De moeder kwam de kamer binnen met het muziekboek.
Et la sœur entra dans la pièce avec le violon.
En toen kwam de zus de kamer binnen met de viool.
Elle a calmement tout préparé pour jouer du violon.
Ze bereidde rustig alles voor om viool te spelen.
**Les parents exagéraient leur politesse et leurs bonnes
manières.**
De ouders overdreven hun beleefdheid en manieren.
**Ils n'avaient jamais loué de chambres à des locataires
auparavant.**
Ze hadden nog nooit eerder kamers verhuurd aan
kostgangers.
Et ils n'osaient même pas s'asseoir sur leurs propres chaises.
En ze durfden zelfs niet op hun eigen stoelen te gaan zitten.
Au lieu de s'asseoir, le père s'appuya contre la porte.
In plaats van te gaan zitten, leunde de vader tegen de deur.
**Sa main droite était coincée entre deux boutons de son
manteau.**
Zijn rechterhand zat tussen twee knopen van zijn jas.
Un monsieur a toutefois offert une chaise à la mère.
De moeder kreeg echter een stoel aangeboden door een heer.
Mais elle s'assit là où le monsieur avait placé la chaise.
Maar ze ging zitten waar de heer de stoel had neergezet.
Et il n'avait pas placé la chaise à un endroit précis.
En hij had de stoel nergens op een specifieke plek neergezet.
La mère s'assit donc à l'écart de tout le monde, dans un coin.
De moeder zat dus apart van de rest, in een hoekje.
Et finalement, la sœur s'est mise à jouer du violon.

En uiteindelijk begon de zus viool te spelen.
Les parents, placés de part et d'autre, suivaient attentivement.
De ouders, die tegenover elkaar zaten, luisterden aandachtig.
Et ils observaient attentivement chacun des mouvements de sa main.
En ze hielden elke beweging van haar hand nauwlettend in de gaten.
Gregor était également attiré par le jeu du violon.
Gregor voelde zich ook aangetrokken tot het vioolspel.
Et il s'aventura un peu plus loin hors de sa chambre.
En hij waagde zich een klein stukje verder zijn kamer uit.
Il avait déjà la tête dans le salon.
Hij had zijn hoofd al in de woonkamer gestoken.
Il était très fier d'être très attentionné.
Hij was er altijd erg trots op dat hij zo attent was.
Mais récemment, il ne remettait guère en question son manque d'attention.
Maar de laatste tijd stelde hij zijn gebrek aan zorgzaamheid nauwelijks meer ter discussie.
Même s'il avait maintenant plus de raisons de se cacher qu'auparavant.
Hoewel hij nu meer reden had om zich te verbergen dan voorheen.
Parce que sa chambre était recouverte de poussière et de saletés diverses.
Omdat zijn kamer vol stof en ander vuil zat.
Le moindre mouvement soulevait toutes sortes d'immondices.
De geringste beweging deed allerlei vuil opwervelen.
Toute cette saleté lui collait à la peau : poussière, cheveux, restes de nourriture.
Al dat vuil kleefde aan hem; stof, haren, etensresten.
Il aurait pu frotter la saleté contre le tapis.
Hij had het vuil eraf kunnen wrijven aan het tapijt.
C'était quelque chose qu'il faisait plusieurs fois par jour.
Dit deed hij meerdere keren per dag.

Mais son indifférence à tout était bien trop grande.

Maar zijn onverschilligheid voor alles was veel te groot.

Il n'avait donc pas peur d'aller un peu plus loin.

Hij was dus niet bang om een stapje verder te gaan.

Et il s'est installé sur le sol impeccable du salon.

En hij liep verder over de smetteloze vloer van de woonkamer.

Cependant, personne ne l'a remarqué, ni ne lui a prêté attention.

Niemand merkte hem echter op of schonk hem enige aandacht.

La famille était complètement absorbée par le concert.

Het gezin was volledig in de ban van het concert.

Les messieurs, quant à eux, ont d'abord battu en retraite.

De heren daarentegen trokken zich aanvankelijk terug.

Et ils se tenaient tout près, derrière le pupitre de la sœur.

En ze stonden vlak achter de lessenaar van de zus.

S'ils avaient regardé, ils auraient pu voir les notes de musique.

Als ze hadden gekeken, hadden ze de muzieknoten kunnen zien.

Cela aurait évidemment perturbé la sœur.

Dit zou de zus natuurlijk hebben verontrust.

Alors, au lieu de s'asseoir, ils restèrent debout près de la fenêtre.

Vervolgens bleven ze bij het raam staan in plaats van te gaan zitten.

Les mains dans les poches, ils continuaient à parler.

Met hun handen in hun zakken bleven ze praten.

Ils restèrent là tandis que le père les observait avec anxiété.

Ze bleven daar staan terwijl de vader bezorgd toekeek.

On avait l'impression qu'ils avaient d'autres attentes.

Men had de indruk dat ze andere verwachtingen hadden.

Et il semblait vraiment qu'ils avaient été déçus.

En het leek er echt op alsof ze teleurgesteld waren.

Il semblait qu'ils en avaient assez du spectacle.

Het leek erop dat ze genoeg hadden van het optreden.

Ils avaient laissé le violon troubler leur tranquillité.

Ze hadden toegestaan dat de viool hun rust verstoorde.

Et ils ne toléraient la musique que par politesse.

En ze tolereerden de muziek alleen uit beleefdheid.

La façon dont ils ont dissipé la fumée était particulièrement troublante.

De manier waarop ze de rook wegbliezen was bijzonder verontrustend.

Et pourtant, elle jouait du violon avec une telle beauté.

En toch speelde ze zo prachtig viool.

Son visage était légèrement incliné sur le côté, sur le violon.

Haar gezicht was lichtjes opzij gekanteld, op de viool.

Son regard parcourait tristement les lignes de la musique.

Haar ogen dwaalden bedroefd langs de muzieknoten.

Gregor se sentait un peu plus attiré par le salon.

Gregor voelde zich wat meer naar de woonkamer toegetrokken.

Il gardait la tête près du sol, mais regardait vers le haut.

Hij hield zijn hoofd dicht bij de grond, maar keek omhoog.

Peut-être que de cette façon, le regard de sa sœur croiserait le sien.

Misschien dat de blik van zijn zus op deze manier zijn ogen zou kruisen.

Peut-on vraiment dire qu'il n'était qu'un animal ?

Kun je werkelijk zeggen dat hij slechts een dier was?

Était-il un animal si la musique pouvait le captiver à ce point ?

Was hij een dier als muziek hem zo kon boeien?

Il avait l'impression qu'on lui montrait un chemin vers une nourriture inconnue.

Hij had het gevoel dat hem een pad naar onbekende voeding werd getoond.

C'était peut-être là le réconfort qui lui manquait.

Misschien was dit wel de voeding die hij miste.

Il était déterminé à rejoindre sa sœur.

Hij was vastbesloten om naar zijn zus toe te gaan.

Il avait envie de tirer sur sa jupe pour attirer son attention.

Hij wilde aan haar rok trekken om haar aandacht te trekken.

Il voulait lui faire comprendre qu'il l'invitait.
Hij wilde haar een uitnodiging laten blijken.
« Viens jouer du violon dans ma chambre », aurait-il voulu dire.
'Kom en speel viool in mijn kamer,' wilde hij zeggen.
Il souhaitait qu'elle soit récompensée pour sa magnifique musique.
Hij wilde dat ze beloond zou worden voor haar prachtige muziek.
« Personne ici ne te récompense pour jouer du violon. »
"Niemand hier beloont je voor het bespelen van de viool."
Il ne voulait plus la laisser sortir de sa chambre.
Hij wilde haar niet meer uit zijn kamer laten.
Il voulait qu'elle reste avec lui aussi longtemps qu'il vivrait.
Hij wilde dat ze zijn hele leven bij hem zou blijven.
Pour la première fois, sa transformation eut un avantage.
Voor het eerst had zijn transformatie een positief effect.
Sa difformité allait enfin lui être utile.
Zijn misvorming zou hem uiteindelijk van pas komen.
Il voulait être présent simultanément aux quatre portes.
Hij wilde tegelijkertijd bij alle vier de deuren zijn.
Il avait envie de les siffler et de leur cracher dessus de tous les côtés.
Hij wilde ze vanuit elke hoek bespugen en sissen.
Sa sœur ne devrait pas être forcée de rester avec lui.
Zijn zus zou niet gedwongen moeten worden om bij hem te blijven.
Il voulait qu'elle choisisse volontairement de rester avec lui.
Hij wilde dat ze er vrijwillig voor zou kiezen om bij hem te blijven.
Elle allait s'asseoir à côté de lui et se pencher vers lui.
Ze zou naast hem gaan zitten en zich naar hem toe buigen.
Et il allait lui parler de l'école de musique.
En hij wilde haar over de muziekschool vertellen.
Il avait la ferme intention de l'envoyer à l'académie.
Hij was vastbesloten haar naar de academie te sturen.
Il en aurait parlé à tout le monde à Noël dernier.

Hij zou het iedereen afgelopen kerst verteld hebben.

Noël était-il déjà passé ?

Is Kerstmis nu echt alweer voorbij?

Et il n'aurait laissé personne le dissuader.

En niemand had hem ervan laten weerhouden.

Mais un accident malheureux a tout arrêté.

Maar toen maakte het noodlottige ongeluk een einde aan alles.

La sœur aurait été submergée par l'émotion.

De zus zou door emoties overmand zijn geweest.

Et Gregor aurait alors grimpé jusqu'à son épaule.

En dan zou Gregor op haar schouder zijn geklommen.

Et il l'aurait réconfortée en l'embrassant dans le cou.

En hij zou haar getroost hebben door haar in haar nek te kussen.

« Monsieur Samsa ! » appela l'homme au milieu au père.

"Meneer Samsa!" riep de man in het midden naar de vader.

Il pointait Gregor du doigt.

Hij wees met zijn wijsvinger naar beneden, richting Gregor.

Gregor traversait lentement le salon.

Gregor bewoog zich langzaam over de vloer van de woonkamer.

Le jeu du violon s'est très vite tu.

Het vioolspel verstomde al snel.

Celui du milieu sourit à ses amis.

De middelste van de drie mannen glimlachte naar zijn vrienden.

Puis il secoua la tête et regarda Gregor.

Toen schudde hij zijn hoofd en keek hij Gregor weer aan.

Le père aurait pu forcer Gregor à retourner dans sa chambre.

De vader had Gregor terug naar zijn kamer kunnen sturen.

Mais ce n'était pas la première action qu'il décida d'entreprendre.

Maar dat was niet de eerste actie die hij ondernam.

Il estimait qu'il était plus important de calmer ces messieurs.

Hij vond het belangrijker om de heren tot rust te brengen.

Bien qu'ils ne fussent pas vraiment contrariés par Gregor.

Hoewel ze eigenlijk helemaal niet boos waren op Gregor.

Gregor semblait plus divertissant que le jeu de violon.
Gregor leek vermakelijker dan het vioolspel.
Il s'est précipité vers eux, les bras tendus.
Hij snelde naar hen toe met uitgestrekte armen.
Il faisait de son mieux pour leur cacher la vue de Gregor.
Hij deed zijn best om hun beeld van Gregor te verbergen.
Et il a essayé de les faire retourner dans leur chambre.
En hij probeerde hen over te halen terug te gaan naar hun
kamer.
Au contraire, cela les a un peu agacés.
Sterker nog, dit maakte hen zelfs een beetje geïrriteerd.
Mais il était difficile de dire exactement ce qui les agaçait.
Maar het was moeilijk te zeggen wat hen precies irriteerde.
Le père gâchait le divertissement de la soirée.
De vader verpestte de pret van de avond.
**Mais ils venaient aussi d'apprendre l'existence de leur
nouveau colocataire.**
Maar ze hadden ook net vernomen dat ze een nieuwe
huisgenoot zouden krijgen.
Ils levèrent les mains comme l'avait fait leur père.
Ze staken hun handen op, net zoals de vader had gedaan.
Ils ont exigé une explication immédiate du père.
Ze eisten een onmiddellijke verklaring van de vader.
**Ils tiraient nerveusement sur leur barbe, cherchant une
réponse.**
Ze trokken onrustig aan hun baarden, in de hoop een
antwoord te krijgen.
Et ils reculèrent jusqu'à leur chambre, mais très lentement.
En ze liepen langzaam achteruit naar hun kamer.
L'interruption avait plongé la sœur dans une sorte de transe.
De onderbreking had de zus in een trance gebracht.
Elle laissa pendre le violon et l'archet le long de son corps.
Ze liet de viool en de strijkstok langs haar zij hangen.
Et elle regarda la partition comme si elle jouait encore.
En ze bekeek de bladmuziek alsof ze nog steeds aan het spelen
was.
Mais soudain, elle est revenue dans la pièce.

Maar toen trok ze zich plotseling terug in de kamer.

Et elle avait désormais surmonté le sentiment d'être perdue.

En ze had het gevoel van verdwaald zijn nu overwonnen.

Elle a posé l'instrument de musique sur les genoux de sa mère.

Ze legde het muziekinstrument op de schoot van haar moeder.

La mère était assise sur la chaise, respirant bruyamment.

De moeder zat in de stoel en ademde zwaar.

Et puis la sœur a dû courir dans la pièce voisine.

En toen moest de zus naar de volgende kamer rennen.

Elle devait tout préparer pour les messieurs.

Ze moest alles klaarmaken voor de heren.

Elle a jeté les couvertures et les coussins en l'air.

Ze gooide de dekens en kussens de lucht in.

Et de ses mains expertes, elle a disposé toute la literie.

En met haar bekwame handen schikte ze al het beddengoed.

Elle avait terminé avant que les messieurs n'atteignent la pièce.

Ze was klaar voordat de heren de kamer bereikten.

Et elle s'est éclipsée avant de les gêner.

En ze glipte weg voordat ze hen in de weg zat.

Le père semblait prisonnier de son propre entêtement.

De vader leek verlamd te zijn door zijn eigen koppigheid.

Et il oublia ainsi tout le respect qu'il devait à ses locataires.

En zo vergat hij alle respect dat hij zijn huurders verschuldigd was.

Il a insisté sans relâche jusqu'à ce que leur porte-parole s'y oppose.

Hij bleef aandringen tot hun woordvoerder bezwaar maakte.

Il a tapé du pied avec colère en arrivant à la porte.

Toen hij bij de deur aankwam, stampte hij woedend met zijn voet.

Et c'est ainsi qu'il immobilisa le père.

En daarmee bracht hij de vader tot stilstand.

« Par la présente, je déclare », commença-t-il en s'adressant à son propriétaire.

"Hierbij verklaar ik," begon hij zich tot zijn huisbaas te richten.

Et il leva la main, regardant toute la famille.
En hij stak zijn hand op en keek de hele familie aan.
« En ce qui concerne l'état répugnant de la chambre ; »
"Met betrekking tot de walgelijke toestand van de kamer;"
Et il s'assurait que tous écoutaient ses paroles.
En hij zorgde ervoor dat iedereen naar zijn woorden luisterde.
« Par la présente, je vous informe que je vais libérer ma chambre. »
"Hierbij geef ik kennis dat ik mijn kamer zal verlaten."
Et il a appuyé son propos en crachant par terre.
En hij onderstreepte zijn punt nog eens door op de grond te spugen.
« Je ne paierai pas non plus pour les jours que j'ai passés ici. »
"Ik zal ook niet betalen voor de dagen dat ik hier heb gewoond."
Il n'était cependant pas entièrement satisfait de ce remboursement.
Hij was echter niet helemaal tevreden met deze terugbetaling.
« Et j'envisagerai de formuler d'autres demandes à votre encontre. »
"En ik zal overwegen om nog andere eisen aan u te stellen."
« Croyez-moi, de telles demandes seront très faciles à justifier. »
"Geloof me, zulke eisen zullen heel gemakkelijk te rechtvaardigen zijn."
Il resta silencieux et regarda droit devant lui, vers son père.
Hij zweeg en keek recht voor zich uit naar zijn vader.
Il semblait s'attendre à ce qu'il se passe quelque chose de plus.
Hij leek te verwachten dat er meer zou gebeuren.
En fait, ses deux amis ont immédiatement eu la même idée.
Zijn twee vrienden hadden namelijk meteen hetzelfde idee.
« Nous annulons également nos réservations de chambres », ont-ils déclaré à l'unisson.
"We annuleren ook onze kamers," zeiden ze in koor.
Il a alors saisi la poignée de la porte et l'a fermée.

Vervolgens greep hij de deurklink vast en sloot de deur.

Et dans un grand fracas, ils s'enfermèrent dans leur chambre.

En met een luide knal sloten ze zich op in hun kamer.

Le père s'est dirigé en titubant vers sa chaise, les mains tâtonnantes.

De vader strompelde met tastende handen naar zijn stoel.

Et il se laissa tomber sur la chaise, vaincu.

En hij liet zich verslagen in de stoel vallen.

On aurait dit qu'il allait faire sa sieste habituelle du soir.

Het leek alsof hij zijn gebruikelijke avonddutje ging doen.

Mais sa tête hocha presque comme si elle n'était pas soutenue.

Maar zijn hoofd knikte alsof het niet ondersteund werd.

Et on pouvait voir qu'il ne dormait pas du tout.

Het was duidelijk dat hij helemaal niet sliep.

Durant tout ce temps, Gregor n'avait pas bougé de sa place.

Gedurende dit alles was Gregor geen centimeter van zijn plek gekomen.

Il était toujours là où les messieurs l'avaient aperçu pour la première fois.

Hij bevond zich nog steeds op de plek waar de heren hem voor het eerst hadden gezien.

Même s'il avait voulu déménager, il trouvait cela impossible.

Zelfs als hij had willen verhuizen, bleek dat onmogelijk.

À cause de sa déception, ou à cause de sa faim.

Vanwege zijn teleurstelling, of vanwege zijn honger.

Il était déçu par l'échec de son plan.

Hij was teleurgesteld over het mislukken van zijn plan.

Et il était affaibli par la faim persistante qu'il ressentait.

En hij was verzwakt door de langdurige honger die hij had geleden.

Il était certain que tout le monde se retournerait contre lui à tout moment.

Hij was ervan overtuigd dat iedereen zich elk moment tegen hem zou keren.

C'est avec cette certitude d'un effondrement imminent qu'il attendit.

Met de verwachting van een dreigende ineenstorting wachtte
hij af.

Le violon commença à glisser des genoux de sa mère.

De viool begon van de schoot van de moeder af te glijden.

Dans un fracas retentissant, le violon tomba au sol.

Met een daverende klap viel de viool op de grond.

Mais même ce bruit soudain et fracassant ne l'a pas surpris.

Maar zelfs dit plotselinge gekraak deed hem niet schrikken.

« Chers parents, dit la sœur, cela ne peut pas continuer. »

"Lieve ouders," zei de zus, "dit kan zo niet langer doorgaan."

**Et elle a frappé du poing sur la table pour appuyer ses
propos.**

En ze sloeg met haar hand op tafel om haar punt duidelijk te
maken.

**« Je ne prononcerai pas le nom de mon frère devant ce
monstre. »**

"Ik zal de naam van mijn broer niet uitspreken in het bijzijn
van dit monster."

« C'est pourquoi je le dis aussi crûment que possible : »

"Daarom zeg ik dit zo direct mogelijk:"

**«Nous n'avons pas d'autre choix que de nous débarrasser de
cet animal.»**

"We hebben geen andere keus dan dit dier weg te doen."

**« Nous avons fait de notre mieux pour tolérer et prendre
soin de cet animal. »**

"We hebben ons best gedaan om dit dier te tolereren en te
verzorgen."

**« Je ne pense pas que quiconque puisse nous blâmer, même
légèrement. »**

"Ik denk dat niemand ons ook maar enigszins iets kan
verwijten."

« Elle a mille fois raison », a acquiescé le père.

"Ze heeft duizendvoudig gelijk," beaamde de vader.

La mère n'avait pas encore complètement repris son souffle.

De moeder was nog steeds niet volledig op adem gekomen.

**Elle se mit à tousser sourdement dans sa main, la respiration
lourde.**

Ze begon dof in haar hand te hoesten en ademde zwaar.

Et une expression de folie commença à apparaître dans ses yeux.

En er verscheen een waanzinnige uitdrukking in haar ogen.

La sœur s'est précipitée vers sa mère et lui a pris le front.

De zus snelde naar haar moeder toe en greep haar voorhoofd vast.

Les paroles de la sœur semblaient inspirer le père.

De vader leek geïnspireerd te zijn door de woorden van zijn zus.

Et ses pensées semblaient plus claires qu'auparavant.

En zijn gedachten leken helderder dan voorheen.

Il cessa d'acquiescer et se redressa.

Hij stopte met knikken en ging weer rechtop zitten.

Et il jouait avec la casquette de son serviteur, plongé dans ses pensées.

En hij speelde met de pet van zijn bediende, diep in gedachten verzonken.

Les assiettes des locataires étaient encore sur la table.

De borden van de huurders stonden nog op tafel.

Et il regardait parfois vers Gregor, qui restait silencieux.

En soms keek hij naar de zwijgende Gregor.

« Nous devons essayer de nous en débarrasser », lui dit sa sœur.

"We moeten proberen er vanaf te komen," zei de zus tegen hem.

La mère était trop occupée à tousser pour écouter.

De moeder was te druk bezig met hoesten om te luisteren.

« Ça va vous tuer tous les deux, je le vois déjà venir. »

"Het zal jullie allebei fataal worden, ik zie het al aankomen."

«Nous ne pouvons pas tous continuer à travailler aussi dur que nous le faisons.»

"We kunnen niet allemaal zo hard blijven werken als we nu doen."

« Et chaque jour, nous devons rentrer chez nous et subir ce supplice. »

"En elke dag moeten we thuiskomen en deze kwelling weer ondergaan."

« Nous n'en pouvons plus. Je n'en peux plus. »

"We kunnen het niet langer verdragen. Ik kan het niet langer verdragen."

Elle s'est effondrée dans les bras de sa mère, en larmes une dernière fois.

In een laatste uitbarsting van tranen viel ze in de armen van haar moeder.

Les larmes coulèrent sur son visage et sur celui de sa mère.

De tranen rolden over haar gezicht en vielen op dat van haar moeder.

Et elle essuya ses larmes d'un geste machinal.

En ze veegde de tranen mechanisch weg.

« Mon enfant », dit le père d'une voix compatissante.

"Mijn kind," zei de vader met een meelevende stem.

Il y avait une profonde sympathie et une grande compréhension dans sa voix.

Er klonk veel medeleven en begrip in zijn stem.

« Mais que devons-nous faire ? » avoua-t-il ne pas savoir.

"Maar wat moeten we doen?" bekende hij, en hij wist het niet.

La sœur haussa simplement les épaules, impuissante.

De zus haalde hulpeloos haar schouders op.

Et sa confiance d'antan fit de nouveau place aux larmes.

En haar eerdere zelfvertrouwen maakte opnieuw plaats voor tranen.

« Si seulement il nous comprenait », dit le père à voix haute.

'Als hij ons maar begreep,' zei de vader hardop.

Et il se demandait à moitié si Gregor avait compris.

En hij vroeg zich half af of Gregor het misschien wel begreep.

La sœur lui a secoué la main violemment en pleurant.

De zus schudde huilend haar hand heftig heen en weer.

Elle a donc indiqué qu'il ne fallait pas envisager cette idée.

En daarmee gaf ze aan dat het idee niet overwogen moest worden.

« Mais si seulement il nous comprenait », répéta le père.

'Maar als hij ons toch eens begreep,' herhaalde de vader.

Les yeux fermés, il réfléchit à la réponse de sa sœur.
Hij sloot zijn ogen en overwoog het antwoord van zijn zus.
« S'il comprenait qu'un accord pouvait être conclu avec lui. »
"Als hij het begreep, kon er een overeenkomst met hem
worden gesloten."
« Mais vu la situation actuelle… »
"Maar gezien de huidige omstandigheden..."
«Il faut l'enlever,» s'écria la sœur, «c'est la seule solution.»
"Het moet weg," riep de zus, "het is de enige manier."
«Il faut vous débarrasser de l'idée que c'est Gregor.»
"Je moet de gedachte dat het Gregor is, loslaten."
« Notre véritable malheur, c'est d'y avoir cru si longtemps. »
"Dat we het zo lang hebben geloofd, is ons grootste ongeluk."
**« Mais comment est-ce possible que ce soit Gregor ? »
demanda-t-elle à son père.**
'Maar hoe kan het Gregor zijn?' vroeg ze aan haar vader.
**« Il savait qu'un tel animal ne pouvait pas coexister avec les
humains. »**
"Hij wist dat zo'n dier niet samen met mensen kan leven."
**« Gregor nous aurait quittés depuis longtemps,
volontairement. »**
"Gregor zou ons allang vrijwillig hebben verlaten."
« C'est vrai, nous n'aurions alors plus de frère. »
"Dat klopt, dan zouden we geen broer meer hebben."
**« Mais nous pourrions continuer à vivre et à honorer sa
mémoire. »**
"Maar we kunnen wel doorgaan met leven en zijn
nagedachtenis eren."
« Mais cette bête nous poursuit et chasse nos locataires. »
"Maar dit beest achtervolgt ons en jaagt onze huurders weg."
**« De toute évidence, il veut s'emparer de tout l'appartement.
»**
"Het wil overduidelijk het hele appartement overnemen."
« Cette bête veut nous faire dormir dans la rue. »
"Dit beest wil ons op straat laten slapen."
**« Regarde, papa, » s'écria-t-elle soudain, « il bouge à
nouveau ! »**

"Kijk, vader," riep ze plotseling, "hij beweegt weer!"

Et elle fit quelque chose que même Gregor ne put comprendre.

En ze deed iets wat zelfs Gregor niet kon begrijpen.

Elle se repoussa, comme pour sacrifier sa mère.

Ze stootte zichzelf af, alsof ze haar moeder opofferde.

Et elle a couru derrière son père pour trouver une sorte de sécurité.

En ze rende achter haar vader aan, voor een soort van veiligheid.

Le père n'était agité que parce que sa fille l'était.

De vader was alleen maar overstuur omdat zijn dochter dat ook was.

Mais lui aussi se leva et leva les bras au-dessus d'elle.

Maar toen stond hij ook op en hief zijn armen boven haar uit.

Mais Gregor n'avait aucune intention d'effrayer qui que ce soit.

Maar Gregor was helemaal niet van plan geweest om iemand bang te maken.

Il n'avait surtout aucune intention d'effrayer sa sœur.

Hij had er absoluut geen behoefte aan om zijn zus bang te maken.

Il essayait simplement de faire demi-tour pour retourner dans sa chambre.

Hij probeerde zich net om te draaien en terug te lopen naar zijn kamer.

Mais, compte tenu de l'aggravation de son état, même cela devenait difficile.

Maar in zijn verslechterende toestand was zelfs dat moeilijk.

Et il ne pouvait plus se servir pleinement de ses jambes.

En hij kon zijn benen niet meer volledig gebruiken.

Il utilisa donc sa tête pour soulever son corps et se retourner.

Dus gebruikte hij zijn hoofd om zijn lichaam op te tillen en zich om te draaien.

Il marqua une pause et chercha l'approbation de sa famille du regard.

Hij pauzeerde even en keek rond, wachtend op de goedkeuring van de familie.

Il semble que sa bonne intention ait été reconnue.

Zijn goede bedoeling leek te zijn erkend.

Son mouvement ne leur avait procuré qu'un choc momentané.

Zijn beweging had hen slechts even doen schrikken.

À présent, ils le regardaient tous en silence, visiblement malheureux.

Nu keken ze hem allemaal in ongelukkige stilte aan.

La mère était toujours allongée dans le fauteuil, épuisée.

De moeder lag nog steeds uitgeput in de fauteuil.

Le père et la sœur étaient assis l'un à côté de l'autre.

De vader en zus zaten naast elkaar.

« Peut-être qu'ils me laisseront faire demi-tour maintenant », pensa Gregor.

'Misschien laten ze me nu wel omdraaien,' dacht Gregor.

Et il continua à effectuer son mouvement de rotation maladroit.

En hij bleef die onhandige draaibeweging maken.

Il ne pouvait réprimer les halètements occasionnels dus à l'effort.

Hij kon de af en toe opkomende hijgende ademhalingen niet onderdrukken.

Et il a été contraint de se reposer à plusieurs reprises entre-temps.

En hij was genoodzaakt om tussendoor een paar keer uit te rusten.

Plus personne ne le pressait ; c'était à lui de décider.

Niemand dwong hem nu nog tot haasten; het was aan hemzelf.

Finalement, il acheva ce virage lent et douloureux.

Uiteindelijk voltooide hij de langzame en pijnlijke draai.

Il se dirigea aussitôt vers sa chambre.

Hij liep meteen terug naar zijn kamer.

Il était stupéfait de la distance qui le séparait de sa chambre.

Hij was verbaasd over hoe ver hij van zijn kamer verwijderd
was.

**Comment, malgré sa faiblesse, avait-il réussi à y parvenir
auparavant ?**

Hoe was hij er, ondanks zijn zwakte, eerder toch gekomen?

**Il avait emprunté presque le même chemin sans s'en
apercevoir.**

Hij had vrijwel dezelfde route afgelegd zonder het te beseffen.

**Il se concentrait simplement sur le fait de ramper aussi vite
qu'il le pouvait.**

Hij concentreerde zich er nu alleen nog maar op om zo snel
mogelijk te kruipen.

L'absence de commentaires ne le dérangeait pas.

Het feit dat niemand reageerde, stoorde hem niet.

**Ce n'est que lorsqu'il fut déjà à l'intérieur qu'il tourna la
tête.**

Pas toen hij al binnen was, draaide hij zijn hoofd om.

Mais il n'a pas pu se retourner complètement.

Maar hij kon zich niet helemaal omdraaien om achterom te
kijken.

**Car il sentit sa nuque se raidir encore davantage en se
tournant.**

Omdat hij voelde dat zijn nek nog stijver werd toen hij zich
omdraaide.

Mais il constata que rien n'avait changé derrière lui.

Maar hij zag dat er achter hem in elk geval niets veranderd
was.

La seule différence, c'est que sa sœur s'était levée.

Het enige verschil was dat zijn zus was opgestaan.

Son dernier regard lui montra que sa mère s'était endormie.

Zijn laatste blik toonde aan dat zijn moeder in slaap was
gevallen.

Dès qu'il fut entré dans sa chambre, la porte fut fermée.

Zodra hij in zijn kamer was, werd de deur gesloten.

Et dès que la porte fut fermée, le verrouilla.

En zodra de deur dicht was, werd het slot vergrendeld.

Gregor fut effrayé par le bruit inattendu derrière lui.

Gregor schrok van het onverwachte geluid achter hem.
Et ses jambes fléchirent sous lui, surprises par la soudaineté.
En door de plotselinge schrik begaven zijn benen het.
C'est sa sœur qui s'était précipitée vers la porte derrière lui.
Het was zijn zus die achter hem aan naar de deur was gerend.
Elle s'était déjà dressée, et l'attendait.
Ze stond daar al rechtop en wachtte op hem.
**Elle fit alors un petit saut en avant sans que Gregor ne
l'entende.**
Vervolgens sprong ze lichtvoetig naar voren, zonder dat
Gregor het hoorde.
« Enfin ! » s'écria-t-elle en tournant la clé.
"Eindelijk!" riep ze hardop, terwijl ze de sleutel omdraaide.
**« Et maintenant ? » se demanda Gregor, seul dans
l'obscurité.**
'Wat nu?', vroeg Gregor zich af, alleen in het donker.
Il s'aperçut bientôt qu'il ne pouvait plus bouger du tout.
Hij ontdekte al snel dat hij zich helemaal niet meer kon
bewegen.
Mais son immobilité ne le surprenait pas vraiment.
Maar hij was niet echt verrast door zijn onbeweeglijkheid.
**Pouvoir se déplacer sur des jambes aussi fines semblait
ridicule.**
Het leek absurd dat iemand zich op zulke dunne benen kon
voortbewegen.
Il ne savait pas comment il avait pu y parvenir.
Hij wist niet hoe hij het ooit voor elkaar had gekregen.
Mais à part ça, il se sentait relativement à l'aise.
Maar afgezien daarvan voelde hij zich relatief op zijn gemak.
**Il est vrai qu'il ressentait une douleur intense dans tout le
corps.**
Het klopt dat hij hevige pijn door zijn hele lichaam voelde.
Mais la douleur semblait s'atténuer de plus en plus.
Maar de pijn leek steeds minder te worden.
**Et il avait l'impression que la douleur finirait par
disparaître.**
En hij had het gevoel dat de pijn uiteindelijk zou verdwijnen.

Il sentait à peine la pomme pourrie dans son dos.
Hij voelde de rotte appel in zijn rug nauwelijks meer.
Il repensa à sa famille avec émotion et amour.
Hij dacht met emotie en liefde terug aan zijn familie.
Il ressentait les émotions de sa sœur encore plus intensément qu'elle.
Hij voelde de emoties van zijn zus nog sterker dan zijzelf.
Elle avait raison ; il devait partir.
Ze had gelijk met wat ze had gezegd; hij moest vertrekken.
Il passa quelque temps dans cet état désert et paisible.
Hij bracht enige tijd door in deze lege en vredige staat.
L'horloge sonna trois fois, doucement mais fermement.
De klok sloeg drie keer, zachtjes maar vastberaden.
Gregor fut doucement tiré de ses pensées.
Gregor werd zachtjes uit zijn overpeinzingen gehaald.
Il regarda la lumière du matin pénétrer lentement dans sa chambre.
Hij keek toe hoe het ochtendlicht langzaam zijn kamer binnenstroomde.
Puis sa tête s'affaissa complètement, malgré lui.
Toen zakte zijn hoofd geheel naar beneden, tegen zijn wil in.
Et son dernier souffle s'échappa faiblement de ses narines.
En zijn laatste adem ontsnapte zwakjes uit zijn neusgaten.

La femme de chambre est entrée dans sa chambre tôt le matin.
De dienstmeid kwam 's ochtends vroeg zijn kamer binnen.
Elle n'a rien trouvé d'inhabituel lors de sa courte visite habituelle.
Tijdens haar gebruikelijke korte bezoek trof ze niets ongewoons aan.
À bout de forces et dans la précipitation, elle claqua toutes les portes.
In haar overgave en haast sloeg ze alle deuren dicht.
Il était impossible de dormir paisiblement dans tout l'appartement.

In het hele appartement was het onmogelijk om rustig te slapen.

On lui avait demandé d'éviter de faire cela le matin.

Er was haar gevraagd dit 's ochtends te vermijden.

Elle pensait qu'il restait allongé là, immobile, exprès.

Ze dacht dat hij daar expres zo roerloos lag.

Peut-être voulait-il lui montrer qu'il était offensé.

Misschien wilde hij haar laten zien dat hij zich beledigd voelde.

Elle lui faisait confiance et pensait qu'il était doté d'une intelligence hors du commun.

Ze vertrouwde erop dat hij over allerlei soorten intelligentie beschikte.

Il se trouve qu'elle tenait le long balai à la main.

Ze had toevallig de lange bezem in haar hand.

Alors, depuis la porte, elle essaya de chatouiller un peu Gregor.

Vanuit de deuropening probeerde ze Gregor een beetje te kietelen.

Elle était un peu agacée qu'il ne réponde pas du tout.

Ze was een beetje geïrriteerd dat hij helemaal niet reageerde.

Alors cette fois, elle le poussa un peu plus fermement.

Dus duwde ze hem deze keer wat steviger aan.

Comme il n'opposait aucune résistance, elle l'examina de plus près.

Toen hij geen weerstand bood, bekeek ze hem van dichterbij.

Elle comprit rapidement ce qui était réellement arrivé à Gregor.

Ze besefte al snel wat er werkelijk met Gregor was gebeurd.

Elle ouvrit davantage les yeux et siffla pour elle-même.

Ze opende haar ogen wijder en floot zachtjes voor zich uit.

Mais elle n'a pas tardé à ouvrir la porte.

Maar ze aarzelde geen moment voordat ze de deur opende.

Et elle cria d'une voix forte dans l'obscurité :

En ze riep met luide stem in de duisternis:

«Viens voir, il est là, complètement mort.»

"Kom eens kijken, daar ligt het, helemaal dood."

Les deux parents étaient assis bien droits dans leur lit conjugal.
De twee ouders zaten rechtop in hun echtelijk bed.
Il leur fallait d'abord surmonter le choc du bruit.
Eerst moesten ze de schok van het lawaai verwerken.
Mais peu à peu, ils ont commencé à comprendre son message.
Maar toen begonnen ze haar boodschap langzaam te begrijpen.
Monsieur et Madame Samsa ont chacun sauté de leur côté du lit.
Meneer en mevrouw Samsa sprongen allebei uit hun kant van het bed.
M. Samsa jeta l'épaisse couverture sur ses épaules.
Meneer Samsa gooide de dikke deken over zijn schouders.
Et Mme Samsa sortit vêtue uniquement de sa chemise de nuit.
En mevrouw Samsa kwam naar buiten, gekleed in niets anders dan haar nachtjapon.
C'est ainsi qu'ils entrèrent dans la chambre de Gregor.
En zo kwamen ze Gregors kamer binnen.
Entre-temps, la porte du salon s'était également ouverte.
Ondertussen was ook de deur naar de woonkamer opengegaan.
Grete y dormait depuis l'emménagement des locataires.
Grete sliep daar al sinds de huurders er waren ingetrokken.
Elle était entièrement habillée comme si elle n'avait pas dormi du tout.
Ze was volledig aangekleed, alsof ze helemaal niet had geslapen.
Son visage pâle semblait également témoigner de son manque de sommeil.
Haar bleke gezicht leek ook te bewijzen dat ze slaapgebrek had.
« Il est mort ? » demanda Mme Samsa en regardant la bonne.
'Is hij dood?' vroeg mevrouw Samsa, terwijl ze naar de dienstmeid keek.

Elle aurait pu le confirmer en le regardant elle-même.
Ze had dit kunnen bevestigen door hem zelf te bekijken.
« Je le crois », dit la bonne en ramassant le balai.
"Ik denk het wel," zei de dienstmeid, terwijl ze de bezem oppakte.
Et elle a poussé son corps sur une longue distance à travers le sol.
En ze duwde zijn lichaam een flink stuk over de vloer.
Mme Samsa fit un mouvement comme si elle voulait l'arrêter.
Mevrouw Samsa maakte een beweging alsof ze haar wilde tegenhouden.
Mais finalement, elle a laissé la bonne faire glisser Gregor.
Maar uiteindelijk liet ze het dienstmeisje Gregor rondleiden.
« Eh bien, » dit M. Samsa, « enfin nous pouvons remercier Dieu. »
"Welnu," zei meneer Samsa, "eindelijk kunnen we God danken."
Il fit le signe de croix : tête, poitrine, épaules.
Hij maakte het kruisgebaar: hoofd, borst, schouders.
Et les trois femmes suivirent son exemple religieux.
En de drie vrouwen volgden zijn religieuze voorbeeld.
Grete, qui ne quittait pas le cadavre des yeux, dit :
Grete, die haar ogen niet van het lijk afwendde, zei:
«Regardez comme il est maigre, il n'a pas mangé depuis si longtemps.»
"Kijk eens hoe mager hij is, hij heeft al zo lang niet gegeten."
« La nourriture que je lui laissais chaque matin restait toujours intacte. »
"Het eten dat ik hem elke ochtend gaf, bleef altijd onaangeraakt."
En fait, le corps de Gregor était complètement plat et sec.
In werkelijkheid was Gregors lichaam volledig plat en droog.
C'était plus visible maintenant qu'il était au sol.
Dit was nu duidelijker zichtbaar, nu hij op de grond lag.
Parce que son corps n'était plus soutenu par ses jambes.
Omdat zijn lichaam niet langer door zijn benen werd opgetild.

Et parce que rien d'autre ne venait distraire la vue.

En omdat er verder niets was dat het uitzicht afleidde.

«Viens avec nous un moment, Grete», dit Mme Samsa.

"Kom even bij ons binnen, Grete," zei mevrouw Samsa.

Un sourire douloureux se dessinait sur ses lèvres lorsqu'elle parlait.

Er verscheen een pijnlijke glimlach op haar lippen terwijl ze sprak.

Grete les suivit, mais jeta aussi un coup d'œil en arrière au cadavre.

Grete volgde hen, maar keek ook nog even achterom naar het lijk.

La bonne ferma la porte et ouvrit grand la fenêtre.

De dienstmeid sloot de deur en opende het raam volledig.

Il était encore tôt, l'air était donc normalement froid.

Het was nog vroeg, dus de lucht was normaal gesproken koud.

Mais il y avait aussi un mélange de chaleur dans l'air froid.

Maar er was ook een vleugje warmte in de koude lucht.

Comme un doux rappel que c'était désormais la fin du mois de mars.

Als een subtiele herinnering dat het einde van maart was aangebroken.

Les trois locataires sortirent alors eux aussi de leur chambre.

De drie huurders verlieten nu ook hun kamer.

Ils cherchèrent leur petit-déjeuner avec étonnement.

Ze keken vol verbazing om zich heen naar hun ontbijt.

Le petit-déjeuner a été oublié à cause de ce que la femme de chambre a trouvé.

Het ontbijt werd vergeten vanwege wat de dienstmeid aantrof.

« Où est le petit-déjeuner ? » grommela l'homme du milieu.

"Waar is het ontbijt?" mopperde de middelste heer.

La bonne porta son doigt à sa bouche pour demander le silence.

De dienstmeid legde een vinger op haar lippen om stilte te gebieden.

Et elle salua les messieurs d'un geste rapide et silencieux.

En ze zwaaide haastig en zwijgend naar de heren.

La servante fit entrer les trois messieurs dans la pièce.

De dienstmeid begeleidde de drie heren naar de kamer.

Et elle a continué à leur expliquer ce qui s'était passé.

En ze bleef hun uitleggen wat er gebeurd was.

Et les trois messieurs se tinrent autour du corps de Gregor.

En de drie heren stonden rond het lijk van Gregor.

Les mains dans les poches, ils baissèrent les yeux.

Met hun handen in hun zakken keken ze naar beneden.

La lumière du matin inondait désormais complètement la pièce.

Het ochtendlicht had de kamer nu volledig overspoeld.

La porte de la chambre s'ouvrit alors et M. Samsa apparut.

Toen ging de slaapkamerdeur open en verscheen meneer Samsa.

D'un côté se trouvait sa femme, et de l'autre sa fille.

Aan de ene kant stond zijn vrouw, en aan de andere kant zijn dochter.

M. Samsa portait déjà son uniforme.

Meneer Samsa droeg inmiddels al zijn uniform.

On pouvait voir qu'ils avaient tous un peu pleuré.

Je kon zien dat ze allemaal een beetje hadden gehuild.

Grete pressa son visage contre le bras de son père.

Grete drukte haar gezicht tegen de arm van haar vader.

« Quittez mon appartement immédiatement ! » ordonna M. Samsa.

"Verlaat mijn appartement onmiddellijk!" beval meneer Samsa.

Et il désigna la porte sans laisser partir les femmes.

En hij wees naar de deur zonder de vrouwen te laten gaan.

« Que voulez-vous dire ? » demanda l'intermédiaire, déconcerté.

'Wat bedoelt u?' vroeg de tussenpersoon, zichtbaar verward.

Et il fit de son mieux pour sourire gentiment à M. Samsa.

En hij deed zijn best om vriendelijk naar meneer Samsa te glimlachen.

Les deux autres tenaient leurs mains derrière leur dos.

De andere twee hielden hun handen achter hun rug.

Et ils se frottèrent les mains d'impatience.

En ze wreven vol verwachting hun handen tegen elkaar.

Ils semblaient s'attendre à une violente dispute.

Ze leken een luidruchtige ruzie te verwachten.

Mais ils semblaient se réjouir de la dispute à venir.

Maar ze leken blij te zijn met de aanstaande discussie.

Ils pensaient que le litige tournerait à leur avantage.

Ze dachten dat het geschil in hun voordeel zou uitpakken.

« Je maintiens exactement ce que je viens de dire », a répondu M. Samsa.

"Ik bedoel precies wat ik net zei," antwoordde meneer Samsa.

Il marchait en ligne droite avec ses deux compagnons.

Hij liep in een rechte lijn met zijn twee metgezellen.

Et M. Samsa s'est adressé directement à leur responsable.

En meneer Samsa benaderde rechtstreeks hun hoofdman.

Le monsieur resta d'abord immobile, le regard fixé au sol.

De heer bleef eerst stil staan en keek naar de grond.

Le contenu de sa tête était encore en train de se réorganiser.

De inhoud van zijn hoofd was zich nog aan het ordenen.

« Très bien, nous y allons », dit-il en levant les yeux vers M. Samsa.

'Goed, we gaan,' zei hij, en keek op naar meneer Samsa.

Une nouvelle humilité semblait l'avoir soudainement envahi.

Een nieuwe nederigheid leek hem plotseling te hebben overvallen.

Et il semblait demander la permission pour cette décision.

En hij leek toestemming te vragen voor deze beslissing.

M. Samsa ouvrit grand les yeux et hocha légèrement la tête.

Meneer Samsa sperde zijn ogen wijd open en knikte even.

Les messieurs obéirent immédiatement à son ordre.

De heren gehoorzaamden onmiddellijk zijn bevel.

Et ils ont effectivement fait de longues enjambées dans le couloir.

En ze zetten daadwerkelijk lange passen in de gang.

Ses amis avaient déjà cessé de se frotter les mains.
Zijn vrienden waren al gestopt met in hun handen te wrijven.
Ils avaient écouté le déroulement de la conversation.
Ze hadden geluisterd naar hoe het gesprek verliep.
Et maintenant, ils couraient après lui, comme pris de peur.
En nu renden ze achter hem aan, alsof ze bang waren.
M. Samsa pourrait encore les isoler de leur chef.
Meneer Samsa zou hen nog steeds van hun leider kunnen
isoleren.
Ils ont sorti leurs bâtons du récipient.
Ze haalden hun stokken uit de stokhouder.
Et ils s'inclinèrent en silence avant de quitter l'appartement.
En ze maakten een stille buiging voordat ze het appartement
verlieten.
M. Samsa et les deux femmes sortirent sur le parvis.
Meneer Samsa en de twee vrouwen verlieten het voorplein.
**Mais en réalité, ils n'avaient aucune raison de se méfier de
ces hommes.**
Maar eigenlijk hadden ze geen enkele reden om de mannen te
wantrouwen.
**Ils s'appuyèrent sur la rambarde pour vérifier s'ils étaient
partis.**
Ze leunden tegen de reling om te controleren of ze weg waren.
Les trois messieurs descendaient effectivement les escaliers.
De drie heren daalden inderdaad de trap af.
Ils disparurent dans un virage de l'escalier.
In een bepaalde bocht van de trap verdwenen ze.
Puis l'escalier les ramena à la vue.
En toen bracht de trap hen weer in zicht.
**Ce phénomène d'apparition et de disparition se répétait à
chaque étage.**
Dit verschijnen en verdwijnen herhaalde zich op elke
verdieping.
Mais finalement, ils étaient presque arrivés au fond.
Maar uiteindelijk waren ze bijna tot de bodem
doorgedrongen.
Plus ils avançaient, moins ils étaient intéressants.

Hoe verder ze gingen, hoe minder interessant ze werden.

Tout le monde est rentré à la maison, comme soulagé.

Iedereen keerde opgelucht terug naar huis.

Ils décidèrent de profiter de la journée pour se reposer et aller se promener.

Ze besloten de dag te gebruiken om uit te rusten en een wandeling te maken.

Ils estimaient avoir mérité cette pause dans leur travail.

Ze vonden dat ze deze pauze van hun werk verdiend hadden.

Non seulement ils méritaient cette pause, mais ils en avaient besoin.

Niet alleen verdienden ze deze pauze, ze hadden hem ook nodig.

Ils s'assirent à table pour écrire des lettres d'excuses.

Ze gingen aan tafel zitten om verontschuldigingsbrieven te schrijven.

M. Samsa a adressé une lettre d'excuses à sa direction.

De heer Samsa schreef een verontschuldigingsbrief aan zijn management.

Mme Samsa a écrit sa lettre d'excuses à ses clients.

Mevrouw Samsa schreef haar verontschuldigingsbrief aan haar cliënten.

Et Grete a écrit sa lettre d'excuses à son directeur.

En Grete schreef een verontschuldigingsbrief aan haar schoolhoofd.

Pendant qu'ils écrivaient tous, la bonne entra dans la pièce.

Terwijl ze allemaal aan het schrijven waren, kwam de dienstmeid de kamer binnen.

Son travail du matin était terminé, elle rentrait donc chez elle.

Haar ochtendwerk zat erop, dus ze ging naar huis.

Les trois écrivains hochèrent d'abord la tête, sans lever les yeux.

De drie schrijvers knikten eerst, zonder op te kijken.

Mais la bonne ne semblait pas encore vouloir partir.

Maar de dienstmeid leek nog niet weg te willen gaan.

Elle attendit un peu, jusqu'à ce que les trois écrivains lèvent les yeux.

Ze wachtte even, tot de drie schrijvers opkeken.

« Eh bien ? » demanda M. Samsa, en colère, comme l'étaient les autres.

'Nou?' vroeg meneer Samsa, boos, net als de anderen.

La bonne se tenait sur le seuil, un sourire aux lèvres.

De dienstmeid stond met een glimlach op haar gezicht in de deuropening.

Elle donnait l'impression d'avoir de bonnes nouvelles à annoncer.

Ze gaf de indruk goed nieuws te hebben.

Mais elle n'allait pas partager la nouvelle à moins qu'on ne le lui demande.

Maar ze was niet van plan het nieuws te delen, tenzij erom gevraagd werd.

La plume d'autruche dressée sur son chapeau oscillait légèrement.

De rechtopstaande struisveren op haar hoed wiegden lichtjes heen en weer.

Cette plume d'autruche avait toujours agacé M. Samsa.

Die struisvogelveer had meneer Samsa altijd al geërgerd.

« Alors, que voulez-vous ? » demanda Mme Samsa, d'un ton ferme.

'Dus, wat wilt u dan?' vroeg mevrouw Samsa vastberaden.

La bonne avait encore beaucoup de respect pour Mme Samsa.

De dienstmeid had nog steeds veel respect voor mevrouw Samsa.

« Oui », répondit-elle, et elle éclata d'un rire amical.

"Ja", antwoordde ze, en ze barstte in een vriendelijke lach uit.

Un instant, son rire l'empêcha de parler.

Haar gelach belette haar even te spreken.

« Tu n'as pas à t'inquiéter pour ce qui se passe chez le voisin. »

"Je hoeft je geen zorgen te maken over dat ding van de buren."

« J'ai déjà prévu comment nous allons nous en débarrasser. »

"Ik heb al geregeld hoe we er vanaf komen."

Mme Samsa et Grete continuèrent à écrire leurs lettres.

Mevrouw Samsa en Grete bleven hun brieven schrijven.

Mais M. Samsa remarqua que la bonne n'avait pas encore terminé.

Maar meneer Samsa merkte dat de dienstmeid nog niet klaar was.

Elle voulait maintenant tout décrire plus en détail.

Nu wilde ze alles in meer detail beschrijven.

Mais il tendit la main pour repousser ses avances.

Maar hij stak zijn hand uit om haar pogingen af te wijzen.

Elle s'est rendu compte qu'ils n'étaient pas intéressés par ses projets.

Ze besefte dat ze niet geïnteresseerd waren in haar plannen.

Et puis elle se souvint de la grande précipitation dans laquelle elle avait été.

En toen herinnerde ze zich de enorme haast die ze had gehad.

« Ciao alors », dit-elle, insultée par ce manque d'intérêt.

'Tot ziens dan,' zei ze, beledigd door het gebrek aan interesse.

Mais avant de partir, elle a claqué la porte très fort.

Maar voordat ze wegging, sloeg ze de deur met een enorme klap dicht.

« Elle sera licenciée ce soir », a déclaré M. Samsa.

"Ze wordt vanavond ontslagen," zei meneer Samsa.

Mais sa femme et sa fille étaient trop occupées pour lui répondre.

Maar zijn vrouw en dochter hadden het te druk om hem te antwoorden.

Parce que la bonne avait troublé leur paix nouvellement acquise.

Omdat de dienstmeid hun pas verworven rust had verstoord.

La mère et la fille se levèrent pour aller à la fenêtre.

De moeder en de dochter stonden op om naar het raam te gaan.

Et, enlacés, ils restèrent là.

En ze bleven daar, met hun armen om elkaar heen geslagen.

M. Samsa se tourna sur sa chaise pour les regarder.

Meneer Samsa draaide zich in zijn stoel om om naar hen te kijken.

Et pendant un moment, il les observa en silence, immobiles là.

En een tijdlang keek hij hen zwijgend aan terwijl ze daar stonden.

Finalement, il leur cria : « Viendrez-vous à moi ? »

Ten slotte riep hij hen toe: "Willen jullie naar mij toe komen?"

«Oublions tout ça, d'accord ?»

"Laten we al die oude dingen maar vergeten, oké?"

«Viens à moi et accorde-moi un peu d'attention.»

"Kom naar me toe en geef me wat van je aandacht."

Les deux femmes firent ce qu'il leur avait dit et se précipitèrent vers lui.

De twee vrouwen deden wat hij zei en renden naar hem toe.

Ils lui ont fait une accolade affectueuse et l'ont embrassé.

Ze gaven hem een hartelijke knuffel en een kus.

Ils retournèrent rapidement pour terminer la rédaction de leurs lettres.

Ze keerden snel terug om hun brieven af te schrijven.

Puis, tous les trois, ils quittèrent l'appartement ensemble.

Vervolgens verlieten ze alle drie samen het appartement.

Ils n'étaient pas sortis ensemble depuis des mois.

Ze waren al maanden niet meer samen het huis uit geweest.

Et ils prirent le tramway jusqu'à la périphérie de la ville.

En ze namen de tram naar de buitenwijken van de stad.

Ils avaient toute la rame du tramway pour eux seuls.

Ze hadden de hele tramwagon voor zichzelf.

La lumière du soleil inondait la pièce par la fenêtre.

Het zonlicht stroomde door het raam naar binnen.

La famille se cala confortablement dans ses sièges.

De familie leunde comfortabel achterover in hun stoelen.

Et ils ont discuté de leurs perspectives d'avenir.

En ze bespraken de vooruitzichten voor hun toekomst.

À y regarder de plus près, leurs perspectives n'étaient pas mauvaises.

Bij nader onderzoek bleken hun vooruitzichten niet slecht.

Tous les trois occupaient des emplois qui leur permettraient de gagner davantage.

Alle drie hadden banen met de mogelijkheid om meer te verdienen.

Ils ne s'étaient jamais interrogés l'un sur l'autre concernant leur travail.

Ze hadden elkaar nog nooit vragen gesteld over hun werk.

Mais maintenant, ils avaient enfin le temps de discuter de ces choses-là.

Maar nu hadden ze eindelijk tijd om zulke dingen te bespreken.

Ils avaient également la possibilité de déménager dans un appartement plus petit.

Ze hadden ook de mogelijkheid om naar een kleiner appartement te verhuizen.

Cela aurait le plus grand impact sur leur vie.

Dit zou de grootste impact op hun leven hebben.

Leur appartement actuel avait été choisi par Gregor.

Hun huidige appartement was door Gregor uitgekozen.

Mais maintenant, ils pourraient déménager dans un endroit plus abordable.

Maar nu zouden ze naar een meer betaalbare plek kunnen verhuizen.

Un appartement plus petit, mais dans un endroit plus pratique.

Een kleiner appartement, maar wel praktischer.

Parler de l'avenir a redonné vie à Grete.

Door over de toekomst te praten, werd Grete weer vrolijker.

Monsieur et Madame Samsa ont également remarqué d'autres changements chez elle.

De heer en mevrouw Samsa merkten ook andere veranderingen bij haar op.

Ses joues étaient devenues pâles à cause de tous ses soucis.

Haar wangen waren bleek geworden van al haar zorgen.

Mais à présent, leur fille s'épanouissait et devenait une femme remarquable.

Maar hun dochter ontpopte zich nu tot een ware dame.

C'était vraiment une belle et jolie jeune femme, maintenant.
Ze was nu echt een goed gebouwde en aantrekkelijke jonge
vrouw.
Ses parents se turent et admirèrent leur fille.
Haar ouders werden stil en bewonderden hun dochter.
Ils échangèrent un regard, communiquant inconsciemment.
Ze keken elkaar aan en communiceerden onbewust met
elkaar.
« Il sera bientôt temps de lui trouver un homme bien. »
"Het is binnenkort tijd om een goede man voor haar te
vinden."
Le tramway était arrivé à destination et avait ralenti.
De tram had zijn bestemming bereikt en minderde vaart.
Leur fille semblait confirmer leurs nouveaux rêves.
Hun dochter leek hun nieuwe dromen te bevestigen.
Elle fut la première à se lever et à étirer son jeune corps.
Zij was de eerste die opstond en haar jonge lichaam strekte.